AF190131

Das Buch

Die Kommissarin Sandra Gruber lebt und arbeitet eigentlich am schönen Niederrhein. Sie fährt in ihrem Urlaub mit der Familie nach Frankreich auf die Ile d`Oleron. Doch als sie auf dem Campingplatz einen tödlichen Unfall mitbekommt, fängt sie an zu ermitteln und stößt schnell auf Ungereimtheiten.

Die Autorin

Sylvia Geub, geboren 1974 in Siegen, lebt seit ihrem ersten Lebensjahr in Kempen am Niederrhein. Sie ist mit Leib und Seele Erzieherin, versucht sich aber in ihrer Freizeit als Schriftstellerin. „Einmal grillen macht noch keinen Camper" ist ihr erstes Buch. Die Idee zu diesem Buch kam ihr bei einem Campingurlaub auf der Ile d`Oleron.

Sylvia Geub

Einmal grillen macht noch keinen Camper

Ein Urlaubskrimi

Bibliografische Informationen der Deutschen Nationalbibliothek:

Die Deutsche Nationalbibliothek verzeichnet diese Publikation

In der Deutschen Nationalbibliografie; detaillierte bibliografische

Daten sind im Internet über http//dnbdnb.de abrufbar.

2018 Sylvia Geub

Herstellung und Verlag

BoD-Books on Demand, Norderstedt

ISBN 9783748109914

Für

Pia und Tom

Prolog

Lächelnd blickte sie in den immer dunkler werdenden Abendhimmel. Eine Fledermaus flatterte vorbei und die leichte Brise, die vom Meer kam, ließ die Bäume über ihr leise rauschen. Der Duft von gegrilltem Fleisch zog vorbei. Die Nachbarn hatten ihren Gasgrill heute schon etwas früher angeschmissen und der typische Grillgeruch verbreitete sich über die Zäune hinweg. Das war für sie wie ein Versprechen und schürte ihre Vorfreude auf den nächsten Tag. Es hatte verdammt gutgetan, etwas unternehmen zu können. Endlich war der Klumpen im Magen weggeschmolzen, wie Fett auf dem Grill. Sie kicherte in sich hinein, als sie über diesen Vergleich nachdachte.

Sie rückte ihr Kopfteil am Stuhl in den Nacken, legte sich gemütlich zurück und eine tiefe Zufriedenheit breitete sich in ihr aus.

Sonntag

Endlich! Sie fuhren über die Brücke auf die Ile d'Oleron. Es war gerade Flut und sie schaute auf das Meer. Es roch sofort nach salziger Meeresluft, als sie das Fenster aufmachte. Urlaub! Die letzten Kilometer auf der Insel genoss sie immer. Da sie selbst nicht mit dem Wohnwagen durch die engen Straßen und noch engeren Kurven der kleinen Orte fahren wollte, fuhr ihr Mann die letzte Teilstrecke bis zum Campingplatz. Am Straßenrand wuchsen überall Oleander und andere blühende Büsche. Sogar Palmen gab es hier, weil die Gegend fast so viele Sonnenstunden verbuchen konnte, wie die Mittelmeerküste in Frankreich. Dieses warme Klima war unter anderem der Grund, wieso sie hier Urlaub machten. Und natürlich der Atlantik und die ewig langen Sandstrände, an denen man selbst in der Hauptsaison immer genug Platz hatte. Die Einfahrt des Campingplatzes Le Soleil mit ihren Fahnen tauchte auf, als sie um die letzte Ecke bogen. Ihr Mann fuhr rechts auf den Parkplatz und hielt an. Sie waren angekommen. Sandra Gruber drehte sich glücklich zu ihren Kindern um, die schon ungeduldig darauf warteten aussteigen zu können. Lilli, ihre 14jährige Tochter, verkündete lautstark, dass sie als Erstes in den Pool wolle und Felix, ihr zwei Jahre jüngerer Bruder, stimmte sofort mit ein.

„Erst müssen wir uns mal anmelden. Und die Bändchen fürs Schwimmbad habt ihr ja auch noch nicht", meldete sich ihr Mann Frank zu Wort.

„Und der Hund muss auch mal laufen", gab sie zu bedenken. Nach der Zwischenübernachtung in Durtal mussten sie noch ca. dreihundert Kilometer fahren und alle waren froh aus dem Auto raus zu kommen. Viele Pausen hatten sie am zweiten Fahrtag nicht gemacht, da sie früh auf dem Campingplatz ankommen wollten.

Es war jetzt schon das vierte Mal, dass sie den Campingplatz Le Soleil auf der Ile d`Oleron als Urlaubsziel angesteuert hatten. Die Kinder konnten alleine zum Parc Aquatique, so hieß die Pool-Landschaft, gehen. Der Strand war sofort hinter der Düne und die Insel bot verschiedenste Möglichkeiten für Ausflüge. Auch wenn die Kinder mehr als einmal betont hatten, inzwischen zu alt für die wöchentliche Schaumparty zu sein, so freuten sie sich doch auf den Campingplatz und den anstehenden Urlaub.

Sandra freute sich am meisten auf die französischen Märkte, wo man frischen Fisch und vor allem Crevetten zu sensationell günstigen Preisen kaufen konnte. Frank hatte sein Fahrrad mitgenommen, um ein paar Radtouren über die Insel zu machen und die Kinder wollten natürlich im Meer schwimmen und sich in die Wellen schmeißen.

An der Rezeption empfing sie Julia persönlich. „Schön, dass Sie wieder hier sind, Frau Gruber!", begrüßte Julia sie freundlich. „Sie bleiben 3 Wochen, ist das richtig? Bis zum 04.08.2018?" „Ja, das stimmt", antwortete Sandra „Wir freuen uns auf drei erholsame Urlaubswochen." Sie kannten die Campingplatzbesitzerin inzwischen ganz gut und die Formalitäten waren schnell erledigt. „Und wie geht es Henri und ihrem Sohn Adrian?" Julia und sie waren letztes Jahr ins Gespräch gekommen. Sie hatte Sandra erzählt, dass sie der Liebe wegen auf die Ile d`Oleron gekommen war. Ihr zweiter Ehemann Henri hatte den Campingplatz Mitte der 90iger Jahre übernommen und sie hatten sich in ihrem Sommerurlaub 2003 kennengelernt. Ursprünglich kam sie aus Avignon. Als Julia sich 2000 von ihrem ersten Mann getrennt hatte, war sie mit ihrem Sohn nach La Rochelle gezogen und seit 2004 lebten die beiden nun in einem kleinen Häuschen in der Nähe des Campingplatzes zusammen mit Henri. „Henri macht gerade ein paar Besorgungen, und Adrian wohnt seit letztem Herbst in Paris im Studentenwohnheim. Er studiert jetzt Medienwissenschaften. In den Semesterferien jobbt er als Kellner in einem kleinen Bistro. Tja, das Leben in Paris ist eben teuer." Julia schmunzelte. Sie trug ein oben eng anliegendes, blaues Kleid mit weit schwingendem Rock. „Ich habe Ihren Wunschstellplatz für sie frei gehalten, Ceres 12!

Richten Sie sich erst mal ein, Sie kennen sich ja aus. Einen schönen Urlaub wünsche ich Ihnen." „Vielen Dank, Julia. Und bestellen Sie Ihrem Mann viele Grüße von uns. Man sieht sich dann später."

Sie hatten sich Stellplatz Nummer 12 im Bereich Ceres ausgesucht, da dieser Sonne, Schatten und vor allem viel Platz zu bieten hatte. Alle Bereiche des Campingplatzes waren nach Himmelskörpern benannt, so wie Saturn, Jupiter und Merkur. Ceres war ein Zwergplanet, wenn Sandra es richtig behalten hatte. Naja, das war aber nicht wichtig für einen schönen Urlaub.

Sie manövrierten den Wohnwagen mit dem Mover auf den Platz und richteten ihn aus. Die Kinder suchten sich jeder einen Platz für ihr Pop-Up-Zelt und brauchten ungefähr drei Sekunden, bis beide Zelte standen. Bis das Vorzelt aufgebaut war, hat es nur unwesentlich länger gedauert, dachte Sandra über eine Stunde später, aber immerhin ging der Aufbau ohne Streit mit Frank vonstatten. Kurz nachdem der Wohnwagen stand, kamen schon die ersten Urlaubsnachbarn vorbei. Sandra hatte nämlich mit Lackfarben und Pinsel Tiere, die verschiedene Nationalitäten darstellen sollten, auf den Wohnwagen gemalt. Die Franzosen wurden durch einen Grashüpfer mit Baguette unterm Arm und einer Baskenmütze auf dem Kopf dargestellt. Es gab auch eine griechische Schildkröte und eine kroatische Eidechse. Das Bemalen des Wohnwagens war ein großer Diskussionspunkt zwischen Frank und ihr gewesen, doch sie hatte sich durchgesetzt und inzwischen fand er die Malerei auch ganz witzig. Für andere Urlauber war ihr Wohnwagen jetzt auf jeden Fall immer ein Hingucker. Vor allem die Niederländer lachten über „ihre Holländerschnecke" mit Wohnwagen anstelle eines Schneckenhäuschens auf dem Rücken.

Als alles fertig war, machte ihr Mann sich eine Flasche Bier auf. Er war sieben Jahre älter als sie, aber das merkte man ihm nicht an. Sie goss sich lieber einen Rotwein ein und ließ sich auf einen Stuhl fallen. Uff, obwohl sie kein Zelt mehr aufbauen musste, wie vor fünf Jahren noch, war sie nach dem Aufbau des Vorzeltes und der Campingküche immer geschafft. Lilli und Felix hatten ihren Plan in die Tat umgesetzt und waren sofort nach dem „Aufbau" ihrer Zelte zum Pool aufgebrochen. Natürlich mit den unbequemen, aber unvermeidbaren Bändchen ums Handgelenk, die sie als Gäste des Campingplatzes auswiesen.

„So, geschafft. Gleich schmeißen wir den Grill an und dann gibt`s was zu futtern", rief Frank aus. „Ein paar Würstchen haben wir noch und Baguette holen wir gleich noch vorne im Kiosk." „Drei Wochen keine Kriminalfälle, Verbrechen oder sonstiger Stress. Das haben wir uns aber auch verdient", meinte Sandra.

Sie arbeitete als Kriminalhauptkommissarin bei der Kripo in Viersen. Vielleicht schaffe ich es in diesem Urlaub ja endlich mal meine haarsträubendsten Erlebnisse aus dem Job in einen Krimi zu packen, dachte sie. Den Laptop hatte sie eingepackt und sich fest vorgenommen einfach mit dem Schreiben anzufangen. Und wenn es nur dazu diente, Stress abzubauen oder ungeklärte Fälle, zumindest gedanklich, abzuschließen und zu verarbeiten. Ihrem Mann hatte sie erst kurz vor dem Urlaub von ihrem Vorhaben erzählt und war bei ihm auf Unverständnis gestoßen. „Warum willst du dich jetzt auch noch im Urlaub mit irgendwelchen Fällen beschäftigen?", hatte er sie gefragt. „Das sind ja keine aktuellen Fälle. Ich möchte das mit dem Schreiben schon länger ausprobieren", hatte sie ihm geantwortet. „Außerdem ist ja kein Zwang dahinter!" Ihr Mann hatte sich damit abgefunden. Er fuhr ja auch alleine mit dem Fahrrad los. Sie musste ihm nur versprechen, dass die Schreiberei nicht ihren Urlaub beeinflusste. Das hatte sie dann auch getan und er war wieder versöhnt.

Kurz darauf marschierte Frank zum Kiosk, um Baguette zu kaufen. Sandra klappte den Laptop auf und überlegte, wie sie den Krimi beginnen konnte. Sie hatte sich noch nicht so viele Gedanken gemacht und musste nun feststellen, dass es nicht so einfach war mit dem Schreiben. Der Fall im Krimi durfte sich zwar an einem realen Fall orientieren, aber viele

Fakten durfte sie nicht preisgeben. Vielleicht sollte sie sich erst mal einen Titel überlegen und dann eine fiktive Geschichte dazu schreiben. Sie starrte ein paar Minuten konzentriert auf den leeren Bildschirm, dann seufzte sie laut und klappte den Laptop zu. Musste ja auch nicht gleich am ersten Tag sein. Sie packte alles wieder weg. Als Frank mit dem Baguette wiederkam, schickte sie ihn gleich wieder los, um die Kinder zu suchen. „Du kannst den Kindern Bescheid sagen, dass es gleich Essen gibt. Ich mach den Grill schon mal an." Sandra schraubte die Beine an den Gasgrill und schloss die Gasflasche an, denn mit Kohle durfte man in den südlichen Ländern fast gar nicht mehr grillen. Und die ausgewiesenen Grillplätze neben dem Waschhaus fand sie äußerst unappetitlich. Der große Vorteil beim Gasgrill war, dass er sofort heiß war und schon fünf Minuten später brutzelten die Würstchen darauf. Ihr Mann kam zurück und sagte ihr, dass die Kinder gleich kommen würden. Frank machte als Beilage noch einen Tomatensalat.

Als hätten die Kinder Sensoren eingebaut, kamen sie genau passend, als die Würstchen fertig waren. Sie saßen gemeinsam am Tisch und hatten Zeit zum Erzählen. Das genoss Sandra in den Urlauben und an freien Wochenenden immer besonders. Es wurde schon dunkel, obwohl es noch gar nicht so spät war- erst kurz vor neun. Daran merkte man, dass man viel weiter südlich war, als zu Hause. „Gibst du mir noch ein Würst-"

Plötzlich knallte es so laut, als hätte es eine Explosion gegeben. Alle zuckten zusammen. Frank schmiss das Würstchen samt Grillzange weg. „Das war hier auf dem Campingplatz", rief Felix. „Los, wir gehen gucken, was da passiert ist! Das war bestimmt ein Terroranschlag." Seit den Anschlägen in Paris und Nizza war bei ihrem Sohn das Thema Terror immer wieder ausgiebig diskutiert worden. Er konnte einfach nicht verstehen -sie selbst übrigens auch nicht- dass sich Menschen für eine Überzeugung oder Religion in die Luft sprengten. „Das lässt du schön bleiben", hielt Sandra ihn zurück. Man hörte eine Frau schreien. „Ich geh mal fragen, ob Hilfe gebraucht wird. Und: Nein! Ihr kommt nicht mit!", setzte sie nach. Falls wirklich etwas Schlimmes passiert sein sollte, wollte sie ihre Kinder vor solchen Bildern schützen. Lilli und Felix hatten keine Vorstellung davon, wie lange einem solche Schreckensbilder nachlaufen konnten. Außerdem waren Schaulustige das Letzte, was man in solchen Situationen brauchte.

Als sie auf den Weg Richtung Strand abbog, woher die Geräusche und das Schreien kamen, sah sie schon von Weitem einen Feuerschein. Das scheint tatsächlich eine Explosion gewesen zu sein., dachte sie. Julia rannte an ihr vorbei, das Handy am Ohr, in das sie hektisch hineinsprach. Sandras einigermaßen passablen Französischkenntnissen zufolge, hatte sie schon die Notrufnummer angerufen und erklärte gerade den Weg zum Campingplatz. Auf der Ile d`Oleron gab es kein Krankenhaus, sodass die Rettungsfahrzeuge aus Rochefort vom Festland über die Brücke zur Insel fahren mussten. Das konnte dauern. Als Sandra näher kam, sah sie, dass ein Gasgrill lichterloh brannte und auch der Schlauch, der an der Gasflasche hing, schon Feuer gefangen hatte. Es war das erste Mobilhome links, direkt am Weg zum Strand. Auf der Veranda stand eine schlanke Frau mit blonden, langen Haaren in einem weißen Sommerkleidchen, die völlig überfordert schien. Sie hatte Ringe unter den Augen, schaute mit verängstigter Miene Richtung Düne und wimmerte leise vor sich hin. Sandra war sich sicher, dass das die Frau war, die eben geschrien hatte. Vor dem Mobilhome auf dem Weg hatte sich schon eine Menschentraube gebildet, von denen aber keiner Anstalten machte zu helfen. Alle schauten mit betroffenen Gesichtern zu. Sandra drängte sich verärgert durch die Urlauber und rief Julia zu, dass sie ihr helfen würde.

Neben dem Grill auf dem Boden lag ein Mann in blauen Shorts und Flipflops, dessen Gesicht nicht mehr zu erkennen war. Die Explosion musste ihn mitten im Gesicht erwischt haben. Sein gesamter Kopf war schwarz verkohlt, die Haare komplett abgebrannt. Ob der Mann noch am Leben war, konnte man nicht erkennen. Auch sein Hemd war schwarz angekokelt und brannte noch. Er schrie nicht und machte auch sonst keine Geräusche. Es sah in bedrückender Weise wie bei einem ihrer Tatorte aus, zu denen Sandra oft gerufen wurde, wenn jede Hilfe zu spät kam.

Julia hatte schon die Feuerlöschdecke in der Hand und wickelten sie um den am Boden liegenden Mann. Die Feuerlöschdecke befand sich in einem Kasten, der wie der Feuerlöscher an der Seite jedes Mobilehomes, gut sichtbar, angebracht war. Julia holte den Feuerlöscher und begann die Flammen zu löschen, die aus dem Grill emporloderten.

Sandra bemerkte, dass immer noch Gas aus der Flasche austreten musste, da die Flammen nicht kleiner wurden, sondern immer wieder aufloderten. Sie nahm den Topfhandschuh, der auf dem Tisch lag, und drehte vorsichtig das Gasventil der Flasche zu. Die Flammen wurden kleiner und das Feuer ließ sich schließlich löschen.

„Oh Gott, hoffentlich ist der Krankenwagen schnell hier, das sieht nicht gut aus", murmelte Julia. Sie drehte sich zu dem Mann um und fühlte den Puls, schüttelte aber kurz darauf den Kopf. „Sehr schwach, aber er atmet ganz flach." „Dann legen wir ihn in die stabile Seitenlage und ich schicke erst mal die Schaulustigen weg und sperre die Unfallstelle ab", erwiderte Sandra. „Ach ja, ich hatte ganz vergessen, dass Sie bei der Polizei sind. Danke, das wäre gut, wenn Sie mir helfen könnten." Sandra fiel ein, dass ihre Kollegen ja nicht hier waren und sie also auch kein Absperrband oder ähnliches zur Hand hatte. Mit einem harschen: „Hier gibt es nichts zu sehen!", verscheuchte sie die Schaulustigen. Julia guckte etwas verloren zu der Frau auf der Veranda und kündigte an: „Ich kümmere mich mal um sie und bringe sie rein. Sie steht wahrscheinlich unter Schock. Wenn der Rettungswagen da ist, sagen Sie mir Bescheid, ja?" Sie drehte sich fragend zu Sandra um. „Natürlich!" Sandra schaute auf den Verletzten und drehte ihn zur Seite, um ihn in die stabile Seitenlage zu bringen.

Die Frau kam ihr irgendwie bekannt vor. Sie wusste aber nicht woher und verwarf den Gedanken gleich wieder.

Nachdem sie auch die Leute weggeschickt hatte, die aus Neugier zurückgekommen waren, schaute sie nochmal nach dem Verletzten. Sie fühlte kaum Puls und die Atmung wurde immer flacher. Als endlich der Rettungswagen mit Blaulicht und Sirene auf den Campingplatz fuhr, holte sie schnell Julia, denn ihr Französisch war doch nicht so gut, um alles schnell erklären zu können. Die Sanitäter sprangen aus dem Fahrzeug und bugsierten den Mann routiniert auf eine Trage und brachten ihn in den Wagen. Die

Atmung hatte inzwischen wohl aufgehört, denn sie versuchten den Mann wieder zu beleben. Nach einer gefühlten Ewigkeit kam einer der Sanitäter heraus und schüttelte den Kopf in ihre Richtung. Er sprach kurz mit Julia und dann fuhren sie los, diesmal ohne Blaulicht und Sirene.

Julia kam zu ihr herüber und erzählte, dass die Verbrennungen des Mannes zu schwer waren und er es leider nicht geschafft hätte. Sandra ließ die Schultern sinken; diese Momente hasste sie in ihrem Job. Moment mal, das war nicht ihr Job, sie war hier im Urlaub, seufzte sie innerlich. Und das an meinem ersten Urlaubstag, wie furchtbar. Sie drehte sich um und erschrak. In der Tür des Mobilhomes stand die Frau des Toten und guckte sie mit erstarrter Miene an. Sie hatte anscheinend die letzten Sätze von Julia mitbekommen, denn sie fragte flüsternd: „Ist er weg?" Als Julia und sie gleichzeitig nickten, löste sich die Erstarrung und sie fing lautlos an zu weinen. Julia lief zu ihr und nahm sie in den Arm. Sie ließ sich von Julia schluchzend ins Mobilhome führen.

Als die Frau später in einem anderen Mobilhome untergebracht war, gingen Julia und Sandra zusammen zurück. Beide waren nachdenklich. „Grillunfälle passieren leider öfter", wandte Julia ein, „aber einen mit Todesfolge hatten wir bis jetzt hier noch nicht. Da muss ich morgen erst mal einen Unfallbericht schreiben."

„Ja, das kann ich mir vorstellen, dass das eine Menge Schreibkram nach sich zieht, ist bei uns ja auch nicht anders." Nach kurzem Zögern fragte sie: „Wie hieß der Tote eigentlich?"

„Jörg Damp. Er und seine Frau waren das erste Mal hier auf dem Campingplatz." Julia drehte sich zu ihr um, denn Sandra schlug sich gegen die Stirn. „Natürlich. Ich wusste, ich kenne die Frau: Sarah Wekmann. Die Frau von Jörg Damp. Die beiden wohnen in Kempen am Niederrhein, wie ich. Jörg Damp ist ein Regionalpolitiker, er will sich zum Bürgermeister wählen lassen. Der Wahlkampf ist in vollem Gange, die Wahl ist nächsten oder übernächsten Monat, glaube ich. Komisch, dass er so kurz vor der Wahl noch in Urlaub fährt", merkte sie an. „Die haben da doch immer irgendwelche Termine; Luftballons verteilen oder so, um Wähler von sich zu überzeugen. Naja."

Inzwischen war es zehn Uhr durch und sie verabschiedeten sich. Sandra ging zurück zu ihrem Stellplatz und erzählte ihrem Mann kurz, was vorgefallen war. Frank hörte fassungslos zu und bemerkte, dass das ja nun kein schöner Urlaubsanfang wäre. Sandra hatte sich den ersten Abend auch anders vorgestellt. Die Kinder waren schon in ihren Zelten verschwunden, nachdem sie mehrmals betont hatten, wie ungerecht es sei, dass sie nie dahin dürften, wo was los wäre.

Nachdem Sandra ihren Wein ausgetrunken hatte und Frank sein Bier, erklärte ihr Mann den Tag für beendet und verschwand im Wohnwagen.

Sandra merkte jetzt erst, wie hundemüde sie war, räumte die leeren Gläser noch eben in die Spülschüssel und ging auch ins Bett. An den gleichmäßigen Atemzügen ihres Mannes merkte sie, dass er schon eingeschlafen war. Nachdem sie die Handys auf lautlos gestellt hatte, kletterte sie vorsichtig über ihren Mann, legte sich auf die hintere Hälfte des Bettes und schlief fast sofort ein.

Montag

Sandra wurde durch ein leises Fiepen geweckt. Oh nein. Das war ihr Hund Cookie. Nicht, dass der noch die Nachbarn auf dem nächsten Stellplatz wachquietschte. Sie schälte sich leise aus dem Schlafsack, stand auf und machte die Wohnwagentür auf. Draußen auf dem Tritt erwartete Cookie sie schon schwanzwedelnd. Sie holte das Hundefutter und gab dem Hund seine morgendliche Portion. „Na, dann kann ich auch gleich eine kleine Runde mit dir laufen!" Brötchen gab es ohnehin erst ab halb neun und es war gerade acht Uhr durch. Sandra schlug den Weg zum Strand ein und Cookie zog wie wild an der Leine. Es schien dringend zu sein.

Sie kamen an dem Mobilhome vorbei, wo gestern der Unfall passiert war. Es roch immer noch angesengt. Vorne beim Grill bückte sich gerade eine Frau zur Gasflasche herunter. Dabei fiel ihre Sonnenbrille, die sie oben in ihren Haaren festgesteckt hatte, auf den Boden. Sie murmelte auf Französisch vor sich hin und sah sehr verärgert aus. Als sie wieder aufschaute, hatte sie den Gasdruckregler in der Hand. In der anderen Hand hielt sie eine Wasserpumpenzange, die sie bedrohlich hin und her schwenkte. Sie grüßte Sandra mit einem knappen

„Salut". Sandra war stehengeblieben und Cookie lief zur angrenzenden Hecke und sprang halb hinein, um sich von der Frau streicheln zu lassen, die daraufhin ein breites Lächeln zeigte. Die Frau war ziemlich groß und hatte herbe Gesichtszüge. Sie hatte eine fliederfarbene Latzhose an, die weder vom Schnitt noch von der Farbe zu ihrer Statur passte. Die Sonnenbrille hatte sie wieder in die Haare gesteckt. So viel dazu, dass der Hund mal gaanz dringend musste, dachte Sandra. Dann stutzte sie. Wieso werkelt da jemand Fremdes herum? Das war schließlich ein Unfall mit Todesfolge. Da müsste die Polizei doch alarmiert werden. „Salut!", rief sie und dann: „Cookie komm aus der Hecke, sofort!" „Sie sind deutsch?", fragte ihr Gegenüber langsam. „Dann: Hallo! Ich heiße Natalie." „Hallo, Natalie, ich heiße Sandra. Ich habe gestern Julia hier geholfen", versuchte sie mit viel Gestik und Mimik klar zu machen. „Ah, Julia hat gesagt,…Voila, grande merde!", schimpfte Natalie nun wieder in ihrer Muttersprache. Das zu verstehen, war nicht so schwer. Als Sandra nach der Polizei fragte, stockte Natalie kurz, verzog verächtlich schnaubend das Gesicht und berichtete in ihrer Muttersprache so schnell, dass Sandra nur ansatzweise verstand, worum es ging. Fichue hieß kaputt, das wusste sie noch, und auch das Wort police verstand sie. Sie schaute Natalie verständnislos an und zuckte mit den Schultern. Als Natalie merkte, dass sie nicht verstanden wurde, versuchte sie den Inhalt des Wortschwalls ins Deutsche zu übersetzen. Es dauerte etwas, doch dann meinte Sandra sie verstanden zu haben.

Natalie arbeitete wohl auf dem Campingplatz und verkaufte bzw. tauschte Gasflaschen. Außerdem kümmerte sie sich um die Mobilhomes, dass hieß; kaputte Wasserhähne reparieren, Grundreinigung nach der Abreise der Gäste und eben auch die Kontrolle der Gasflaschen. Wenn diese leer waren, tauschte sie die Flaschen aus und schloss sie auch wieder an die Gasgrills oder Gaskocher an. Die Polizei war heute Morgen schon um 7 Uhr hier gewesen. Julia hatte sie zu Sarah Wekmann geführt. Anschließend hatte Julia Natalie angewiesen den Anschluss und den Grill samt Piezo-Zündung noch einmal zu überprüfen. Die Polizei hatte nur einen kurzen Blick auf den Grill geworfen und es nicht für nötig befunden ihn mitzunehmen. Natalie hatte den Gasdruckregler immer noch in der Hand und erzählte, dass der Regler und die Gasflasche Mittwochvormittag von ihr ausgetauscht worden seien. Auch den Grill hatte sie kontrolliert. Sie beteuerte immer wieder, dass es „pas de probleme" gewesen sei. Also alles in Ordnung! Natalie hatte wohl Sorge, dass man ihr die Schuld an dem Unfall in die Schuhe schieben könnte. Und sie sorgte sich um ihren Job auf dem Campingplatz, den Julia ihr besorgt hatte. Sie hatte anscheinend keine

Ausbildung, wenn Sandra das richtig verstanden hatte.

Sandra versprach, ein gutes Wort für sie bei Julia einzulegen, sollte sich tatsächlich herausstellen, dass sie einen Fehler gemacht hätte.

Als sie das Wort Fehler hörte, zeterte Natalie aber sofort wieder auf französisch los, gestikulierte wild herum und wurde dabei immer lauter.

Sandra verabschiedete sich schnell und ging zum Tor, das zum Strand führte. Sie musste erst kurz überlegen, um sich an den Code zu erinnern, mit dem man das Tor öffnen konnte. Sie drückte 2018A. Es klickte leise und sie konnte das Tor aufziehen. Vor der Düne erleichterte sich der Hund und sie sammelte die Hinterlassenschaften mit einem Beutel auf und warf sie weg. Es gab extra Hundetüten-Mülleimer und Sandra konnte nicht verstehen, wie Leute ihre Hunde überall hinkacken lassen konnten, ohne es anschließend zu beseitigen. Keiner mochte schließlich Wege entlanglaufen, die voller Hundehaufen waren und stanken. Auch Hundebesitzer nicht! Solche Leute verpassten allen verantwortungsbewussten Hundebesitzern ein schlechtes Image. Das ärgerte sie sehr.

Am Strand angekommen, nahm sie Cookie die Leine ab und ließ sie rennen, indem sie ihr Stöckchen in Richtung Wasser warf. Die Sonne war schon aufgegangen und spiegelte sich im Meer. Es rollten nur kleine Wellen an den Strand, die grünen Tang anspülten. Sandra hoffte, dass es dieses Jahr nicht wieder eine Algenpest gab. Der angespülte Tang zog nämlich kleine Fliegen an und roch dann auch nicht mehr nach Meeresbrise und Urlaub, sondern nach alten Gartenabfällen. Im Moment schien es sich aber in Grenzen zu halten und sie schlenderte durch den warmen Sand.

Als sie auf dem Rückweg an der Unfallstelle vorbeikam, war Natalie zum Glück nicht mehr zu sehen. Die aufbrausende, laute Art war nicht unbedingt Sandras Fall. Bei solchen Verhaltensweisen war sie im ersten Moment immer wie paralysiert und konnte nicht reagieren. Sie kannte solche Typen von ihrer Arbeit. Meist überließ sie dann ihrem Kollegen Rainer die Befragung oder die Festnahme.

Die Gasflasche, der Gasdruckregler und sogar der Grill waren weg. Die Sachen hat Natalie wohl alle mitgenommen, dachte Sandra.

Sie ging am Wohnwagen vorbei, leinte den Hund an und nahm sich das Urlaubsportemonnaie. Ihr Mann und ihre Kinder schienen noch zu schlafen, also ging sie alleine, um Brötchen und die Zeitung zu holen. Frank las gerne die regionale Zeitung, um zu testen, wieviel er verstehen konnte. Vor allem bei der regionalen Wettervorhersage hatten sie keine

Schwierigkeiten. Da gab es zumindest passende Bildchen.

Ein Blick auf ihr Handy zeigte ihr, dass es viertel vor neun war, der Kiosk war also geöffnet. Wenn sie in Frankreich war, liebte es Sandra, Croissants zum Frühstück zu essen, auch wenn das ihrer Figur nicht zuträglich war. In Deutschland bekam man nirgendwo so leckere, krümelige und vor Butter triefende Croissants. Und auch die Baguettes schmeckten viel besser als zu Hause; Vielleicht war das aber auch nur das Urlaubsfeeling.

Im Kiosk angekommen, stellte sich Sandra in die Schlange der wartenden Urlauber. Als sie an der Reihe war, bestellte sie zwei Croissants, zwei Chocolatine und ein Baguette. Die Kioskbesitzerin war noch dieselbe wie in den vorangegangenen Urlauben. Sandra überlegte kurz, dann fiel ihr der Name wieder ein: Manou. Auf dem Campingplatz sprach man sich meist nur mit Vornamen an. Den Nachnamen kannte sie nicht. Manou war immer sehr auffällig gekleidet. Heute hatte sie ein Etuikleid mit Zebramuster an und hochhackige Schuhe. Sandra konnte nicht nachvollziehen, wie man in so einem Outfit und mit so hohen Schuhen den ganzen Tag in einem Laden stehen konnte. Mir täten die Füße nach fünf Minuten so weh, dass ich wahrscheinlich alle Kunden anschnauzen würde, dachte sie. Aber Manou schien eigentlich immer gut gelaunt zu sein.

Das Kleid erinnerte Sandra an die Zebradecken, die Pferden übergezogen wurden. Das sollte die Bremsen abhalten zu stechen. Vielleicht hilft es ja auch gegen Mücken, grinste sie in sich hinein.

Manou unterhielt sich gerade mit einer anderen deutschen Urlauberin über den Unfall von gestern Abend. Sie spricht wirklich gut deutsch, dachte Sandra. Manou regte sich wohl über das Opfer auf: „Der war so unfreundlich, hat immer was zu meckern gehabt. Er hat sich vorgedrängelt und dann ist er laut geworden, als sich die Leute beschwert haben. Ein echtes Ekel! Darf man ja nicht sagen, aber es ist nicht schade um den! Und die Frau hatte gar nichts zu melden bei dem. Die tat mir echt leid!"

Sandra verließ nachdenklich den Laden. Sie kannte Jörg Damp nur von Wahlplakaten und einer kurzen Begegnung auf dem Buttermarkt in Kempen, wo vor ein oder zwei Monaten irgendeine politische Veranstaltung stattgefunden hatte. Dort hatte sie auch zum ersten und einzigen Mal seine Frau Sarah gesehen. Er war zwar mit seinem Schmelzkäselächeln nicht Sandras bevorzugter Wahlkandidat, aber unangenehm aufgefallen war er ihr nicht. Naja, man guckt immer nur vor die Köpfe der Leute! Wie sie wirklich sind, bekommt man oft nicht mit, dachte sie.

Beim Frühstück war der Unfall natürlich auch wieder Gesprächsthema Nummer eins und ihr Sohn vermutete schon ein Verbrechen, getarnt als Unfall, aber nach einer Weile fragte Frank: „So, was machen wir denn heute? Ausflug oder Strand?" „Ich würde heute Vormittag gerne zum Markt nach St. Pierre d'Oleron fahren, um Garnelen zu kaufen. Danach können wir meinetwegen an den Strand gehen", antwortete Sandra. Sogar die Kinder waren begeistert und wollten ihr Urlaubsgeld unter die Leute bringen. Felix machte alle Ramsch-Ladenbesitzer glücklich, weil er die kitschigsten Sachen kaufte. Letztes Jahr war sein Prunkstück ein durchsichtiger Stiftehalter in Form einer Pyramide, in der blaues Öl hin und her schwappte und auf diesem künstlichen Meer schwamm ein kleines Fort Boyard aus Plastik. Ein Traum von einem Mitbringsel! Lilli kaufte sich im Urlaub oft quietschebunte Flipflops, die ihr dann zu Hause nicht mehr gefielen und im Schuhregal im Keller verstaubten. Der aufblasbare Flamingo, den sie letztes Jahr erstanden hatte, war bei starkem Wind aufs Meer geweht worden und auf Nimmer wiedersehn abgetrieben. Sandra dachte mit Schrecken daran, doch Frank hatte ihr verboten den Kindern Vorschriften zu machen, wie sie ihr Geld ausgeben sollten. „Den verantwortungsvollen Umgang mit Geld lernen sie nur selbstständig!", hatte er resolut erklärt. Sandra hatte ihm Recht gegeben. Mal sehen, was dieses Jahr für Absurditäten gekauft werden, dachte sie.

In der Markthalle war es ziemlich voll und Frank drängelte sich schnell an dem extrem stark riechenden Käsestand vorbei. Er mochte keinen Käse, weder riechen, noch anfassen, geschweige denn essen. Am Fischstand konnten sie sich kaum entscheiden, denn es gab neben den Crevetten auch ganz frischen Thunfisch. „Wir fahren einfach in zwei Tagen noch mal los und dann nehmen wir Thunfisch mit. Heute kaufen wir erst mal ein Kilo Crevetten, okay?", stimmte Sandra sich mit ihrem Mann ab. Felix war vor den Krabben stehen geblieben und verzog das Gesicht. „Die leben ja noch!", rief er entsetzt.

Lilli hatte einen Stand mit gegrillten Hähnchen entdeckt und wollte unbedingt eines davon mitnehmen. Da die Kinder keine Garnelen mochten, erbarmte sich ihr Vater und kaufte ein „poulet entier", ein ganzes Hähnchen.

Die Andenkenläden ließen sie aus, da die Crevetten gekühlt werden mussten. Felix protestierte lautstark. Sie versprachen ihm daraufhin, noch einmal hierher zu fahren, um dann durch die Läden zu stöbern.

„Los, auf zum Strand!", rief Felix, kaum dass sie wieder am Campingplatz waren.

Alle packten ihre Sachen zusammen und rieben sich noch ausgiebig mit Sonnencreme ein. Sandra nahm ihr Buch mit, eine romantische Liebesgeschichte. Im

Urlaub kam sie endlich mal dazu, viel zu lesen. Im Alltag war sie abends so müde, dass sie immer nur ein paar Seiten las und dann einschlief. Sie kamen an der Unfallstelle vorbei und die Kinder guckten neugierig über die Hecke. Der Platz, wo der Grill und die Gasflasche gestanden hatten, war leer, doch die Terrassenplatten waren verrußt. Auch auf dem Rasen konnte man noch erahnen, wo das Opfer gelegen hatte. Das Rasenstück war angekokelt und plattgedrückt. Felix überlegte laut:

„Wie kann einem eigentlich so ein Gasgrill um die Ohren fliegen? Da hat doch jemand nachgeholfen! Was ist denn mit der, die du hier getroffen hast, Mama?" „Also ehrlich, Felix. Was sollte denn die Platzwartin von dem Campingplatz für ein Motiv haben? Die kannte das Opfer doch gar nicht. Und Unfälle dieser Art passieren immer wieder", antwortete Sandra.

Jetzt schaltete sich auch Lilli ein. „Du weißt doch gar nicht, ob die beiden sich kannten!? Aus einem früheren Urlaub oder so." Frank beendete die Diskussion mit einem knappen: „Jetzt ist aber mal gut hier. Wir machen hier Urlaub. Das war ein Unfall und basta!"

Am Strand angekommen, rannten Frank und die Kinder schreiend in die Wellen. Sandra machte es sich auf dem Handtuch bequem und schaute sich um. Der Strand war nicht sehr voll. Rechts von ihnen machte die Küste einen langen Bogen ins Meer hinaus. Vorne an der Spitze der Landzunge konnte man einen Leuchtturm sehen. Links führte eine betonierte Fläche bis ins Wasser. Dort konnten Boote zu Wasser gelassen werden. Sie schlug ihr Buch auf. Sie fing an zu lesen, doch bald merkte sie, dass ihre Gedanken immer wieder abschweiften. Die Kinder kriegen doch zu viel von meinem Job mit, dachte sie. Obwohl; vielleicht ist ja was dran an den Vermutungen. Ich könnte mich ja mal ein bisschen umhören. Besonders beliebt war er hier wohl nicht, so wie sie Manou verstanden hatte. Und der Hinweis, dass seine Frau nichts zu sagen hatte, ließ ihr auch keine Ruhe.

Ihrer Familie sagte sie erst einmal nichts von ihrem Vorhaben. Als sie nach drei Stunden vom Strand zurück zum Stellplatz liefen, äußerte sie nur kurz: „Ich gehe noch mal eben zur Rezeption, eine Münze für die Waschmaschine kaufen."

Gesagt, getan. Sandra kam in den klimatisierten Eingangsbereich der Rezeption und wurde herzlich von Julia begrüßt: „Gut, dass Sie mal reinkommen. Ich wollte mich noch für Ihre tatkräftige Unterstützung gestern bedanken. Der Unfallbericht ist auch schon fertig. Jetzt kann wieder Ruhe einkehren." „Ja, darüber wollte ich mit Ihnen sprechen. Die Polizei hat das Unglück also als Unfall eingestuft? Wissen Sie, was genau passiert ist und wie es zu dem Unfall kommen konnte? Hat die Polizei schon alle Anwesenden befragt? Mit mir hat noch keiner gesprochen!" Julia guckte etwas erschrocken und entgegnete dann nervös: „Jaaa, ich habe der Polizei nicht gesagt, dass Sie auch da waren. Sie haben doch Ferien und hatten mit dem Unfallhergang nichts zu tun. Das war eine Verkettung unglücklicher Zufälle: Die Piezozündung war wohl kaputt, daher hat Herr Damp den Grill mit dem Feuerzeug anzünden wollen. Das Gasventil an der Flasche war natürlich aufgedreht, aber normalerweise wird durch einen Gas-Stopp im Grill der Austritt gestoppt. Leider war das Ventil im Grill beschädigt, sodass das Gas weiter in den Grill strömte und sich dort gesammelt hat. Als Herr Damp sich über den Grill beugte und das Feuerzeug betätigte, entzündete er das Gas und die Explosion traf ihn im Gesicht. Die Polizei hat heute Morgen kurz mit Sarah Wekmann gesprochen und die Aussagen der benachbarten Urlauber aufgenommen. Danach haben sie den Fall als Unfall zu den Akten gelegt."

„Ich habe heute Morgen Natalie kennengelernt. Sie hat mir erzählt, dass sie die Gasflasche und auch die Ventile geprüft und ausgetauscht hat. Sie war der festen Überzeugung, dass alles funktionstüchtig war. Sie scheint sehr aufbrausend zu sein, aber sie ist doch zuverlässig, oder?" Sandra beobachtete Julias Reaktion auf ihre Nachfrage. Julia ging sofort dazu über Natalie zu verteidigen. „Natürlich ist sie zuverlässig! Was wollen Sie denn hier andeuten? Nur weil Natalie eine Auseinandersetzung mit Herrn Damp hatte, bringt sie ihn ja nicht um. So aufbrausend ist sie dann auch wieder nicht. Und handgreiflich ist sie noch nie geworden."

Sandra lenkte ein: „Ich verdächtige Natalie ja gar nicht. Aber es liegt doch auch in Ihrem Interesse, diesen Unfall aufzuklären, damit so etwas nicht nochmal passiert. Herr Damp scheint ja ein unangenehmer Zeitgenosse gewesen zu sein. Ich wollte mich nur mal ganz inoffiziell umhören." Sie wartete kurz. „Wenn das für Sie in Ordnung ist?" Nach einer kurzen Pause stimmte Julia ihr zögerlich zu: „Ja, das ist in Ordnung. Meine Mitarbeiter auf dem Campingplatz und auch im Restaurant sprechen fast alle Deutsch. Mit denen können Sie sprechen, aber die Gäste sollen das nicht unbedingt mitbekommen, in Ordnung?"

Nachdem Sandra Julia versichert hatte ganz diskret zu sein, erfuhr sie von ihr noch, dass Herr Damp sich auch an der Rezeption, bei der Anmeldung am Dienstagabend, schon unmöglich benommen hatte. Es dauere ihm alles zu lange, das Restaurant hätte keine gehobene Küche und Jetskis könne man auf dem Campingplatz auch nicht leihen. Außerdem hatte er geäußert, dass es klar wäre, dass nichts funktionieren würde, weil hier zu viele Frauen arbeiten würden. Er wollte sogar den Laptop zu sich umdrehen, um die Anmeldung selber in die Hand zu nehmen. Da hatte Julia dann allerdings eingegriffen und ihn in seine Schranken verwiesen.

Seine Frau hatte während der ganzen Zeit betreten auf den Boden gestarrt und war nur zusammengezuckt, als Julia ihrem Mann den Laptop aus der Hand nahm. Sie war nach dem Unfall noch nicht abgereist, sondern nur in ein anderes Mobilhome umgezogen. Julia meinte noch, dass sie fast wie befreit gewirkt habe.

Als sie am Stellplatz ankam, zog ihr Mann nur eine Augenbraue hoch und guckte sie fragend an. Frank kannte sie einfach zu gut. Er wusste sofort, wenn sie an einer Sache dran war. „Ja, schon gut. Ich habe Julia gefragt, ob ich mich umhören darf. Dieser „Unfall" hört sich tatsächlich nicht nach einem Unfall an. Da gibt es zu viele Zufälle. Und wenn man nach einem Todesfall bei vielen Leuten nur Erleichterung heraushört, ist das schon verdächtig", gab Sandra zu.

„Du bist hier in Frankreich doch nicht zuständig. Außerdem - der hat doch zum ersten Mal hier Urlaub gemacht. Wer sollte denn ein Motiv haben? Hier kennt den doch keiner. Wenn du einen begründeten Verdacht hast, übergib es an die französische Polizei." „Die Polizei hat den Fall schon zu den Akten gelegt. Bis jetzt ist das ja nur so ein Gefühl, dass da was nicht stimmt. Ich ermittle ja nicht offiziell. Ich kann aber nicht einfach die Augen verschließen. Das liegt nicht in meiner Natur", erklärte Sandra ihrem Mann. „Na gut. Dann mach, wie du meinst", seufzte Frank und verdrehte die Augen. Er wusste wahrscheinlich, dass sie sich nicht abhalten lassen würde.

Sandra nahm sich vor, als Erstes Morgen mit Manou zu sprechen. Sie wollte ganz locker ein Gespräch beginnen beim Brötchenholen. Und auch wenn Julia für Natalie ihre Hand ins Feuer legte, würde Sandra Natalie auf jeden Fall nach dem Streit fragen, den sie mit Herrn Damp hatte. Vielleicht gab es ja doch eine Verbindung.

Jetzt gab es erst einmal die Crevetten, mit viel Olivenöl und ordentlich Knoblauch. Frank hatte schon Baguette gekauft. Die Kinder hatten vorhin ihr Hähnchen gegessen und waren schon wieder verschwunden. Dazu einen leckeren Rotwein. Das war Urlaub!

DIENSTAG

Oh nein! Das darf doch nicht wahr sein, dachte Sandra, als sie von einem leichten Tröpfeln auf das Wohnwagendach geweckt wurde. Es regnete! Dabei hatte der Wetterbericht für heute eigentlich strahlenden Sonnenschein angesagt und 28 Grad.

Sie stand auf und machte sich schon mal einen Kaffee. Mit ihrer Tasse setzte sie sich ins Vorzelt und schaute auf den bewölkten Himmel. Es waren schon größere blaue Lücken zu sehen. Na hoffentlich hörte es gleich auf zu regnen. Heute wollten sie nach Chateau d`Oleron fahren. Dort gab es eine Zitadelle, die direkt am Meer lag, in der man herumlaufen konnte.

Nachdem sie ihren Kaffee getrunken hatte, schnappte sie sich ihre Kulturtasche und ging ins Waschhaus zum Duschen. Um diese Zeit war hier noch nicht viel los. Umso mehr wunderte sich Sandra, dass sie Stimmen hörte, als sie die Tür zu den Damenduschen aufstieß. In dem Vorraum der Duschen standen zwei Frauen, die sich angeregt unterhielten, aber nun erschrocken auseinanderfuhren. Sandra bemerkte, wie eine der Frauen etwas unter ihrem Handtuch verschwinden ließ und als sie sich umdrehte, sah Sandra, dass es sich um Sarah Wekmann handelte. Sie begrüßte

Sarah freundlich und guckte sie fragend an. Sarah stellte etwas zögerlich ihre Campingbekanntschaft vor. „Hallo…Ich weiß gar nicht, wie Sie heißen. Das hier ist Nina. Sie ist auch Deutsche und wohnt hier auf dem Campingplatz." „Hallo, Nina. Ich heiße Sandra. Wir machen hier Urlaub. Und Sie kümmern sich ein bisschen um Sarah?" Interessiert schaute Sandra sie an. Ninas Blick flog unruhig von Sarah zu ihr, bis sie schließlich antwortete: „Ja. Ich habe gehört, was passiert ist. Wir haben uns vor ein paar Tagen im Waschhaus kennengelernt, weil wir es beide mögen, wenn hier noch nicht so viel los ist. – So! Ich geh dann mal wieder. Auf Wiedersehen." Schnell packte sie ihre Sachen zusammen und eilte nach draußen. „Ich hoffe, ich habe sie nicht vertrieben!? Das war nicht meine Absicht", bemerkte Sandra. Sarah hatte sich abgewandt und packte etwas in ihre Kulturtasche. Sandra konnte einen kurzen Blick darauf werfen und erkannte, dass es sich um ein Foto handelte. Was darauf zu sehen war, konnte sie nicht erkennen. Sarah erklärte unsicher: „Sie finden es vielleicht merkwürdig, dass ich meinen Urlaub fortsetze, trotz des Unfalls, …aber ich kann nicht einfach so zurückfahren. Ich muss die ganze Sache erst mal verdauen. Und der Urlaub war ja schon bezahlt." Sandra wunderte sich ein wenig über die Wortwahl, entgegnete aber: „Sie brauchen sich nicht zu rechtfertigen. Mit so etwas umzugehen, ist nicht leicht, und wenn ihnen der Urlaub hier dabei hilft…" Sarah schien aufzuatmen und lächelte Sandra schüchtern an. „Falls sie jemanden zum Reden brauchen, wir stehen auf Stellplatz Ceres 12." Noch während sie die Einladung aussprach, überlegte Sandra, was ihr Mann wohl davon hielt. „Sie scheinen in Nina ja schon eine Freundin gefunden zu haben!? Sie wirkten jedenfalls sehr vertraut miteinander", setzte sie eilig nach. Sarahs Blick wurde wieder unsicher, als Sandra Nina erwähnte. „Ja, ich denke sie versteht mich ganz gut", erwiderte sie vage. „Na dann bis später mal", murmelte sie und ging aus dem Waschhaus. Was für eine seltsame Begegnung, dachte Sandra. Ihr Gefühl, dass etwas an diesem Unfall nicht stimmte, verstärkte sich. Als sie wenig später aus der Dusche kam, hatten sich die Wolken schon verzogen, sodass sie nun doch draußen vor dem Vorzelt frühstücken konnten. Frank war mittlerweile ebenfalls aufgestanden und wollte gerade Brötchen holen gehen, da fiel Sandra ein, dass sie ja mit Manou sprechen wollte. Also sagte sie schnell: „Ich geh schon. Dann kannst du ja schon mal den Tisch decken."

Es war gerade halb neun und der Laden war noch ziemlich leer. Manou hatte gerade die Croissants aus dem Ofen geholt und ihr Duft verbreitete sich im ganzen Kiosk. „Salut, Manou!", grüßte Sandra. Manou war eine drahtige, junge Frau Ende zwanzig, mit dunkelbraunen Locken. Sie war immer in

Bewegung, stand nie still. Und wenn die untere Hälfte stillstand, bewegten sich ihre Hände oder ihr Oberkörper unablässig. Sie wirkte immer etwas hektisch oder unter Stress. „Na, jetzt ist wieder ein bisschen Ruhe eingekehrt, was? Der Unfall hat ja alle ziemlich aufgeregt", bemerkte sie noch. Wie Sandra es gehofft hatte, war Manou sehr gesprächig. „Dieser Typ hat mich viel mehr aufgeregt als der Unfall!", ergänzte sie. „Als er das erste Mal in den Laden kam, hat er sich mit mir angelegt, weil wir angeblich eine schlechte Auswahl an Grillfleisch hätten. Er hat mit blöden Sprüchen um sich geworfen, wie: „Fleisch sei sein Gemüse, es müsse eine ordentliche Portion sein." Und: „Das könnten Frauen einfach nicht verstehen, weil sie dafür zu wenig Grips hätten. Dafür seien sie dann vielleicht besser im Bett." Das Fleisch hat er dann doch hier gekauft. Er hat immer wieder betont, dass nur Männer richtig grillen könnten und er niemand anderen an seinen Grill lassen würde."

Sandra wurde hellhörig. „Wer war denn zu der Zeit hier im Laden, als er das gesagt hat?", fragte sie. Manou überlegte kurz. „Ich glaube zwei oder drei Urlauber und Sybille, die Bedienung aus dem Restaurant. Der Typ hat Sybille die ganze Zeit in den Ausschnitt gestarrt und sie blöde angegrinst", fügte sie noch hinzu. „Wieso fragen Sie?" „Ach, nur so. Haben Sie Herrn Damp schon früher mal gesehen?" „Nein, der war das erste Mal hier auf dem

Campingplatz. War auch eigentlich kein Camper-Typ. Eher so ein Hotelurlauber, der sich den Arsch nachtragen lässt und alle rumkommandiert", stellte Manou fest. Sandra hakte nach. „Wen hat er denn noch so rumkommandiert? Hat er sich mit vielen Leuten angelegt?" Manou schnaufte einmal kurz und räumte dann ein: „Ja, eigentlich mit jedem hier. Oder besser gesagt mit jeder. Der hat nicht viel von Frauen gehalten; ein Macho, wie er im Buche steht." Sie klatschte in die Hände und fragte Sandra: „So, was möchten Sie denn nun zum Frühstück mitnehmen?"

Als Sandra gerade den Laden verließ, kam ihr eine hübsche, schlanke Frau mit langen, braunen Haaren entgegen. Sie wurde von Manou mit einem freundlichen: „Salut, Sybille!" begrüßt. Das war wohl die Bedienung aus dem Restaurant, von der Manou gesprochen hatte. Sie war ein junges Mädchen. Sandra schätzte sie auf höchstens zwanzig. Kein Wunder, dass Herr Damp da hingeguckt hatte. Das eine Frau gut aussah, war natürlich kein Freibrief für solche Menschen, wie Herrn Damp, sie belästigen zu dürfen.

Eine kurze, aber sehr schmerzhafte Situation tauchte vor Sandras Augen auf. Sie vertrieb die Erinnerung schnell wieder. Das gehörte jetzt nicht hierher und war ja schon über zwanzig Jahre her. Aber seitdem hatte sie für solche Menschen kein Mitleid oder gar Verständnis übrig. Das Disziplinarverfahren, zwei

Jahre nach ihrer Ausbildung, hatte sie fast ihren Job gekostet. Sie dachte nicht mehr oft daran, doch die Fälle, in denen es um Gewalt gegen Frauen ging, liefen ihr lange nach. Sie schüttelte sich kurz und konzentrierte sich auf ihre Umgebung. Die Sonne schien inzwischen und es wurde merklich wärmer.

Jetzt wollte sie aber erst in Ruhe frühstücken und danach freute sie sich auf den Ausflug. Sie fuhren auf den kleinen Nebenstraßen, weil die Hauptstraße immer voll war. In Chateau d`Òleron angekommen, liefen sie vom großen Parkplatz in Richtung Zitadelle. Eigentlich war es ganz angenehm, dass es nicht so heiß war. Die alten Burgmauern, Torbögen und Wassergräben waren so angelegt, dass man in einem Halbkreis immer an der Küste vorbeilief. Von dem Weg an der Mauer entlang konnte man bis zum Festland gucken. Lilli verrenkte sich, um ein Selfie zu machen, das sie bei Instagram posten konnte. Seit es in Europa die Roaming-Gebühren nicht mehr gab, waren die Kinder ständig mit ihrem Handy zugange. Einerseits nervte Sandra es, wenn sie den ganzen Tag aufs Handy starrten, andererseits benutzte sie selbst das Handy inzwischen immer öfter. Auch als Lilli und Felix ihr eröffneten, gleich vor Hunger zu sterben, schauten sie im Handy nach dem nächsten Restaurant oder Imbiss. Außerdem meinten die Kinder nun genug herumgelaufen zu sein. Es gab in der Nähe eine kleine Crêperie, die sie kurze Zeit später ansteuerten. Als jeder sein Crêpe in den

Händen hielt, war zumindest die Gefahr des Verhungerns gebannt. Sandra schaute sich um, während sie am Stehtisch vor der Crêperie standen und stutzte. War das dahinten nicht Sarah Wekmann? Sie hatte die Haare offen und trug ein gelbes Sommerkleid. Irgendwie wirkte sie überhaupt nicht mehr schüchtern oder nervös, wie heute Morgen noch. Ihr Schritt war regelrecht beschwingt, als sie durch das Tor in die Zitadelle ging. Sandra dachte an ihre Begegnung im Waschhaus. Sandra rief sich jede Einzelheit noch mal ins Gedächtnis. Sie hatte ein fotografisches Gedächtnis und konnte sich so ein Bild vom Tatort abspeichern und später immer wieder angucken. Diese Vorstellungskraft war oft sehr nützlich bei ihrer Arbeit. Das Bild, das vor ihrem inneren Auge erschien, ließ sie stutzen. Hatte Sarah am Oberschenkel blaue Flecken gehabt? Sie hatte sich das Handtuch umgewickelt und es war hochgerutscht, als sie das Foto verstaute. Und was meinte sie damit, als sie sagte, Nina könne sie gut verstehen? Das passte so gar nicht zu dem Nervenbündel, das vor zwei Tagen vor ihr stand. Die Ehe mit so einem Mann war wahrscheinlich kein Zuckerschlecken. Was, wenn sie die blauen Flecken von ihrem Mann hatte. „Vielleicht ist sie ja tatsächlich erleichtert, ihren Mann los zu sein!", platzte sie heraus. Erst als Lilli, Felix und Frank sie fragend anschauten, merkte sie, dass sie wohl laut gedacht hatte. Ihr Mann grinste. „Wen meinst du, aber nicht

etwa mich? Oder willst du mich loswerden?",
scherzte er. Sandra widersprach lächelnd. „Nein, du
warst nicht gemeint. Ich hab doch die beste Familie
auf der Welt!" Sie küsste ihren Mann, was ihren
Kindern ein entnervtes Stöhnen entlockte. „Boah
Mama, echt jetzt? Könnt ihr das mal sein lassen in
der Öffentlichkeit?!", stieß Lilli erbost aus. „Ihr seid
echt peinlich!", entfuhr es Felix. Sandra schüttelte
den Kopf. Ja, mit zwei Kindern im Teenageralter war
so ziemlich alles peinlich, was Eltern taten oder
äußerten.

„Sollen wir noch etwas für`s Abendessen kaufen?
Oder gehen wir heute Abend ins Restaurant vorne
am Campingplatz?", fragte ihr Mann, als sie in
Richtung Auto gingen. „Dann würde ich jetzt direkt
beim Super U vorbeifahren und muss später nicht
noch mal los." Die große Supermarktkette -Super U-
begeisterte sie immer wieder mit ihren ellenlangen
Fisch- und Fleisch-Theken. „Von mir aus können wir
ins Restaurant gehen", entgegnete Sandra, „Nach
dem vielen Rumlaufen hier habe ich keine Lust heute
Abend noch zu kochen. Dann kann ich die
Fischplatte essen." Sandra kam kurz der Gedanke
an ihren Kollegen Rainer Mintze und sie musste
grinsen. Für Rainer wäre es eine Strafe, Fisch essen
zu müssen. Er verabscheute ihn und aß noch nicht
einmal Fischstäbchen oder ein Fischbrötchen bei
Nordsee. Das war immer ein Diskussionspunkt
zwischen ihnen, wenn es darum ging, wo etwas zu

essen für die Pause geholt wurde. Rainer war eigentlich immer für Pommes rot-weiß und Currywurst. Das sah man ihm aber auch an; ein Mann wie ein Bär mit zu vielen Kilos auf den Rippen.

Sie fuhren zurück zum Campingplatz. Als sie am Restaurant vorbeifuhren, schlug Sandra vor, schon einmal einen Tisch für später zu reservieren. Frank ließ sie aussteigen und sie ging am Spielplatz vorbei zum Haupteingang des Restaurants. Sandra wollte gerade die Tür aufdrücken, als sie durch das Fenster sah, dass Manou Sybille küsste, die sich daraufhin gehetzt umblickte. Manou verabschiedete sich und kam Sandra entgegen. Sie schaute erstaunt auf, als Sandra sie begrüßte, nickte ihr kurz zu und ging schnell weiter. Sybille kam auf sie zu und fragte, ob sie ihr helfen könne. Sie schaute nervös und mit geröteten Wangen Manou hinterher. Sandra wurde stutzig. Sie kannte die französischen Begrüßungen und Verabschiedungen mit Küsschen rechts und links auf die Wange, aber das Verhalten von Sybille deutete darauf hin, dass da mehr zwischen den beiden Frauen war. Vielleicht war Manou deswegen so sauer, dass Jörg Damp Sybille so angestarrt hat! dachte Sandra. Sie reservierte den Tisch für sieben Uhr und spazierte gemütlich zum Platz zurück. Wenn Sybille heute Abend arbeitete, könnte sie mit ihr ins Gespräch kommen und eventuell etwas über sie und ihre Beziehung zu Manou erfahren.

Die Kinder waren zum Strand gegangen und ihr Mann las. Sandra hatte die Liebesgeschichte ausgelesen und nahm sich nun einen Krimi. Sie legte sich mit ihrem Buch in die Hängematte. Im Urlaub las sie gerne lustige Krimis, in denen die, oft schrullig wirkenden, Ermittler die Fälle meist mit mehr Glück als Verstand lösten. Zu Hause guckte sie sich „Hubert und Staller" an, weil deren Ermittlungsmethoden so gar nicht der Realität entsprachen, aber einfach witzig waren.

Um sechs Uhr kamen die Kinder vom Strand zurück und hatten Hunger bis unter beide Arme. Als alle umgezogen waren, gingen sie essen. Sie hatten das Restaurant kaum betreten, da kam Sybille lächelnd auf sie zu und führte sie zu ihrem Tisch. Sie hatte ein langes, geblümtes Kleid an und zwei geflochtene Zöpfe hingen ihr über die Schultern. Sie sieht aus, wie ein Schulmädchen!, dachte Sandra. „Draußen auf der Terrasse spielt eine Band, da ist es sehr laut, daher haben wir Sie nach innen gesetzt. Sie dürfen natürlich auch draußen sitzen", erklärte Sybille zögerlich. „Nein, nein, ist schon gut. Hier innen kann man sich wenigstens unterhalten!", entgegnete Sandra schnell. „Wie kommt es eigentlich, dass fast alle Mitarbeiter des Campingplatzes so gut Deutsch sprechen?", fragte ihr Mann Sybille. „Die Chefin, also Julia, schickt alle Mitarbeiter zu einem Deutsch-Kurs. Es machen viele Deutsche hier Urlaub. Julia wirbt im Internet mit den Deutsch-Kenntnissen ihrer

Mitarbeiter und hat viel positives Feedback auf den Campingportalen bekommen", antwortete Sybille. „Ich brauchte den Kurs allerdings nicht, weil ich Deutsch und Englisch auf Lehramt studiere. Ich jobbe hier nur während meiner Semesterferien." „Sybille! Du sollst bedienen, nicht reden, sonst verhungern unsere Gäste noch!", ertönte eine schroffe Stimme hinter der Theke. Sybille zuckte zusammen und schaute schuldbewusst zu der molligen Frau, die schon wieder auf dem Weg in die Küche war. „Das war meine Chefin, Carine. Ich muss dann mal wieder. Ach, Sie möchten bestimmt schon Getränke bestellen, oder?"

Nachdem Sandra einen Rotwein, Frank ein Bier und die Kinder Cola bestellt hatten, eilte Sybille mit ihrem Block an die Theke. „Na, die wird ja von ihrer Chefin angepampt. Da würde ich sofort kündigen!", ereiferte sich Lilli, sowie Sybille sie nicht mehr hören konnte. Frank sah seine Tochter mit hochgezogenen Augenbrauen von der Seite an. „Das glaub ich dir sofort! Aber Sybille wirkt so unsicher und schüchtern; solche Leute brauchen schon mal eine klare Ansage. Das kenn ich bei uns im Betrieb auch. Als Chef macht man sich nicht immer beliebt." Sandra verdrehte die Augen und konterte: „Als wenn du mit deinen Mitarbeitern so sprechen würdest. Du bist immer viel zu nett und nachsichtig. Aber Recht hast du schon. Das war nicht die feine englische Art, Sybille vor Gästen bloß zu stellen."

Sybille war mit den Getränken zum Tisch zurück gekehrt und hatte den letzten Satz wohl mitbekommen, denn sie verteidigte ihre Chefin sofort: „Nein, sie kommt vielleicht manchmal streng rüber, aber Carine ist echt fair und steht für das Personal ein. Sie hat letztens sogar einem Gast Hausverbot erteilt, weil er mir gegenüber unverschämt geworden ist. Aber das hat sich ja jetzt erledigt: Endgültig!" Erschrocken hielt sie inne, als hätte sie etwas Falsches gesagt. Sandra schaute Sybille fragend an. „War dieser Gast das Unfallopfer? Was hat er denn getan?" Sybille machte den Mund auf und gleich wieder zu. Sie schaute Richtung Küche, denn da stand Carine im Türrahmen und guckte streng. Carine hatte ihre braunen Haare zu einem strengen Knoten zusammengesteckt. Auf ihrer weißen Jacke sah man ein paar Soßenflecken. Die Chefin des Restaurants war wohl gleichzeitig Köchin. Sie kam zum Tisch und fragte, ob es ein Problem gäbe. Sandra preschte vor und fragte schnell nach Herrn Damp. „Ja, der war hier und ganz schnell wieder raus. Wer meine Bedienungen angrabscht, wird hier nicht mehr bedient. Der hat mir zwar Konsequenzen angedroht, aber da hat er sich mit der Falschen angelegt! Mit solchen Typen bin ich ganz schnell fertig!", sprudelte es aus Carine hervor. Sie redete sich richtig in Rage und schüttelte die Faust. „Und dann beschimpft der mich noch als fette Lesbe! So ein Arschloch!" Bei dem letzten Satz von Carine fuhr Sybille heftig zusammen und drehte sich mit rotem Kopf weg und lief hinter die Theke. Lilli und Felix guckten Carine geschockt an. Als sie den Blick der Kinder bemerkte, verstummte sie abrupt. Sie setzte leiser nach: „Wenn sie gewählt haben, schicke ich Sybille zu ihnen." Sie drehte sich um und suchte Sybilles Blick. Sybille nickte und kam zum Tisch. Die Stimmung war etwas gedrückt, doch als alle später ihr Essen vor sich stehen hatten, war die Angelegenheit schon fast wieder vergessen. Das Essen war vorzüglich, die Preise leider auch, daher leisteten sie sich das Restaurant nur einmal im Urlaub.

Sie tranken draußen auf der Terrasse noch einen Absacker und hörten der Band zu, nachdem sie Sybille ein ordentliches Trinkgeld gegeben hatten. Der Sänger war ein bisschen in die Jahre gekommen mit seinen grauen Haaren und dem Bauchansatz. Er gab jede Woche dieselben Lieder zum Besten, schon seit ihrem ersten Urlaub hier. Hotel California gehörte genauso zu seinem Repertoire, wie American Pie. Die Kinder waren direkt nach dem Essen zum Platz zurückgelaufen. Als Sandra und Frank gegen halb elf zum Wohnwagen zurückkamen, waren Lilli und Felix schon in ihren Zelten verschwunden. Kurz darauf gingen auch Sandra und Frank ins Bett.

Mittwoch

Sandra wurde langsam wach und räkelte sich. Wie spät war es? Sie wusste es nicht. Im Urlaub trug sie keine Uhr. Sie hörte den Wasserkocher blubbern. Frank war also schon aufgestanden und schüttete Kaffee auf. Das war auch so ein Urlaubs-Highlight: Frisch aufgebrühter Kaffee zum Frühstück. Und vor allem kein Zeitdruck!

Sandra schloss nochmal die Augen und lauschte auf die typischen Geräusche des Campingplatzes. Das Surren, wenn ein Zelt-Reißverschluss aufgezogen wurde, das Knirschen von Schritten auf den Kieswegen und das Klappern von Wohnwagentüren, die zugeworfen wurden. Das war entspannter Urlaub. Sandra stand auf und machte sich auf den Weg zum Waschhaus. Bis sie dort angelangt war, war sie in drei Sprachen begrüßt worden; Niederländisch, Französisch und Deutsch. Sie fand es schön, dass hier doch noch so viele Franzosen Urlaub machten und sie ihre französische Aussprache üben konnte. Auch beim Einkaufen versuchte sie, so viele neue Vokabeln wie möglich zu lernen und zu behalten.

Als sie zum Platz zurück kam, waren Felix und Lilli tatsächlich schon aufgestanden. „Was ist denn mit euch los?", fragte Frank gerade seine Kinder mit hochgezogenen Augenbrauen. Normalerweise standen die beiden erst auf, wenn die Sonne die Zelte derart aufheizte, dass es darin zu warm wurde. Lilli verzog verächtlich ihr Gesicht und entgegnete: „Davon versteht ihr nichts! Ich bin zum Videochat verabredet, meint ihr, da will ich aussehen wie ein Honk?" Frank guckte immer noch fragend. Sandra übersetzte die Antwort ihrer Tochter für ihn: „Sie telefoniert über Whatsapp mit Bild, und muss sich dafür ungefähr zwei Stunden vorbereiten: Duschen, Haare föhnen, Schminken und, und, und. Mit wem telefonierst du eigentlich?", fragte sie scheinheilig. Lilli antwortete sauer: „Das geht euch gar nix an! Hat man eigentlich nie Privatsphäre hier in der Familie?" Sie stapfte wütend mit ihrer riesigen Kulturtasche Richtung Waschhaus. Sandra drehte sich zu Frank um. „Also ist es ein Junge." Frank war immer noch sprachlos.

„Und was ist mit dir, warum bist du schon auf?", fragte sie Felix. Aber auch der hatte schlechte Laune und antwortete pampig: „Wieso? Ist das jetzt verboten aufzustehen? Ihr könnt uns ja beim nächsten Urlaub zu Hause lassen! Wir sind ja keine Kleinkinder mehr." Frank hatte seine Sprache wiedergefunden und polterte los: „So weit kommt`s noch. Dann haben wir eine Ruine, wenn wir nach Hause kommen! Wer frühstücken möchte, kann sich mit guter Laune an den Tisch setzen, aber nicht mit diesem Gesicht, junger Mann!"

Sandra legte ihm die Hand auf die Schulter und entgegnete süffisant: „Ach komm, du weißt doch: Kinder machen immer nur Freude! Lass uns in Ruhe frühstücken. Die beruhigen sich schon wieder."

„Was machen wir denn heute? Sollen wir zum Leuchtturm fahren? Ich würde gerne Fotos von den Klippen machen." Franks große Leidenschaft war die Fotografie. Sandra nickte und überlegte schon, wie sie das den Kindern schmackhaft machen könnten. Mit Teenagern Urlaub zu machen, war manchmal schon sehr anstrengend. Aber es gab eine gute Eisdiele da oben am Phare de Chassiron. In Frankreich gab es das Karameleis mit fleur de sel, also salzig. Das aß Sandra am liebsten und auch Lilli mochte es gerne. Felix fand das Softeis besser.

„Das ist eine gute Idee! Lass uns heute Mittag zum Leuchtturm fahren. Wenn Lilli telefoniert hat, hat sie bestimmt auch wieder bessere Laune."

Nach dem Frühstück ging Sandra mit dem Hund spazieren. Sie ging in Richtung der Einfahrt des Campingplatzes und sah links neben dem Eingang den kleinen Kiosk, wo die Gasflaschen getauscht wurden. Davor stand Natalie und unterhielt sich mit einer Kundin. Als diese sich umdrehte, sah Sandra, dass es sich um Nina handelte; Die Frau, die sie mit Sarah im Waschhaus getroffen hatte. Nina blickte kurz auf und schaute Sandra in die Augen. Dann drehte sie sich um und lief schnellen Schrittes davon.

Sandra begrüßte Natalie und vergewisserte sich: „Das war doch Nina? Ich habe sie gestern im Waschhaus getroffen. Wohnt sie hier auf dem Campingplatz?" Natalie schaute sie an und antwortete zögernd: „Ja, Nina wohnt hier, wie ich. Sie arbeitet an zwei Nachmittagen in der Rezeption. Wir sind befreundet. Manchmal springt sie auch für mich hier im Kiosk ein, aber sie arbeitet lieber im Hintergrund." Natalie klappte den Mund zu, als hätte sie ein Geheimnis ausgeplaudert. Sie schaute Sandra mit großen Augen an. „Dass sie eher zurückhaltend und schüchtern ist, ist mir auch schon aufgefallen", beschwichtigte Sandra sie. „Im Gegensatz zu anderen Leuten; Herr Damp war wohl hier am Kiosk und hatte eine Beschwerde?" Natalie sprang prompt auf den Themenwechsel an. „Beschwerde? Der hat mich angeschrien! Sein Grill hätte nicht genug Power. Was soll das heißen?, habe ich ihn gefragt. Er wollte einen besseren Grill. Ich habe ihm aber gesagt, dass die Grills alle gleich sind und sich noch nie jemand darüber beschwert hätte. Und ja, ich bin auch laut geworden. Manou hatte mir schon von ihm erzählt. Er hatte sich überall unbeliebt gemacht und wollte dann, dass wir ihm helfen jemanden zu finden." Plötzlich schlug Natalie sich die Hand vor den Mund. Sandra hakte nach: „Er wollte jemanden ausfindig machen? Hat er einen Namen genannt oder denjenigen beschrieben? War es ein Mann oder eine Frau?" Natalie guckte betreten auf den Boden und schwieg. Dann erklärte sie mit leiser Stimme: „Er hatte ein Foto dabei, das er herumgezeigt hat. Im Hintergrund war eine Frau zu sehen. Aber es war unscharf, man konnte kaum etwas erkennen.", fügte Natalie nervös hinzu. „Außerdem hätte dem keiner hier geholfen, selbst wenn wir erkannt hätten, wer das ist!", polterte sie wieder laut los. Sandra verabschiedete sich von Natalie und ging nachdenklich die große Hunde-Runde zu Ende.

Wen hatte Herr Damp gesucht? Wem hatte er das Foto gezeigt? Ob es dasselbe Foto war, das Sarah im Waschhaus so schnell eingepackt hatte? Und warum hatte Sarah Nina das Foto gezeigt? Sandra nahm sich vor, Sarah zu besuchen und das Gespräch auf das Foto zu lenken. Vielleicht wusste Sarah doch mehr über die Gründe ihres Mannes, hier Urlaub machen zu wollen.

Als sie zum Platz zurück kam, roch es lecker nach Knoblauch. Frank hatte gerade Nudelwasser aufgesetzt und war dabei, Knoblauch zu schälen und zu schneiden. Er verkündete strahlend, dass er Spaghetti aglio olio mache. Sie hatten auf dem Markt einen „tresse d`ail" gekauft. Das war ein ganzer Zopf Knoblauch. Der schmeckte frisch am besten, hielt sich aber auch wesentlich länger als die üblichen einzelnen Knoblauchknollen aus dem Supermarkt.

Lillis Laune hatte sich sehr verbessert, nachdem sie mit „Mister Unbekannt" telefoniert hatte. Auch Felix war besser drauf, da er nach eigenen Angaben einen „Miu" gefangen hatte. Er spielte Pokemon go und passte seinen Tagesablauf den verschiedenen „community days" an. Sandra hatte sich erklären lassen, was es damit auf sich hatte. Es gab bestimmte Tage, an denen man z.B. seltene Pokemon häufiger fangen konnte. Worum es bei diesem Spiel eigentlich ging, begriff sie nicht wirklich. Sandra fand allerdings gut, dass die Kinder sich während des Spiels bewegen mussten.

Nach dem Mittagessen machten sie sich auf den Weg zum Phare de Chassiron. Er lag an der äußersten Spitze der Insel an steilen Klippen. Vom Parkplatz aus konnte man verschiedene Wanderwege entlang der Klippen laufen. Dort wehte meist ein starker Wind, der das Meer aufwühlte. Die Wellen krachten mit hoher Geschwindigkeit an die Felsen. Schwimmen konnte man hier nicht. Nachdem Frank genug Fotos von Wellen, Klippen und Brandung gemacht hatte, gingen sie auf den Leuchtturm zu. Auf dem Platz vor dem Leuchtturm waren die unvermeidlichen Ramschläden, in denen Tassen mit Leuchtturmmotiven verkauft wurden. Sandra hatte einmal gefragt, wo diese denn produziert würden und hatte keine Antwort bekommen. Unter der Tasse hatte sie dann den

Aufdruck „Made in Taiwan" gelesen und sie schnell wieder weggestellt.

An der Eisdiele machten sie Halt und stellten sich in die Schlange. Während sie warteten, ließ Sandra ihren Blick schweifen und entdeckte ein Pärchen, das Händchen hielt. Es waren Manou und Sybille vom Campingplatz. Manou trug, wie fast immer, unfassbar hohe Schuhe und ein kurzes, rotes Sommerkleid. Sie sah selbstbewusst durch die Gegend und hielt Sybilles Hand demonstrativ fest. Sybille trug eine große Sonnenbrille, eine weiße Bluse und einen schwarzen Rock. Sie hatte flache Schuhe an, sodass die beiden fast gleich groß waren. Sie wirkte nicht halb so selbstbewusst wie Manou. Sie sah sich immer wieder um, als hätte sie Angst verfolgt zu werden. Zwischendurch blickte sie bewundernd zu Manou. Sandra hatte geahnt, dass die Beziehung der beiden über eine Freundschaft hinausging. Warum war Sybille nur so unsicher? Vielleicht waren gleichgeschlechtliche Beziehungen hier noch nicht so normal wie in Deutschland. Oder Sybilles Familie wusste nicht Bescheid und sie wollte es geheim halten.

Sie schlenderten mit Eis in der Hand weiter, als von hinten jemand rief: „Salut, Familie Gruber. Machen Sie auch einen Ausflug?" Frank und Sandra drehten sich um, während ihre Kinder weiterliefen. Sandra antwortete Manou: „Salut! Ja, wir sind schon einen schönen Rundweg gelaufen und haben Fotos gemacht!" Manou schaute Sandra offen an, doch Sybille guckte an ihr vorbei und fühlte sich sichtlich unwohl. „Haben Sie beide frei? Das ist schön, dass sie die Ausflugsziele hier auf der Insel auch noch genießen können", versuchte Sandra Sybille ihre Befangenheit zu nehmen. „Einmal in der Woche haben wir gemeinsam frei. Sybille kennt die Insel noch nicht, zumindest nicht alle Sehenswürdigkeiten. Ich zeige ihr jede Woche etwas Neues", erzählte Manou lächelnd. Jetzt lächelte auch Sybille. „Können Sie vielleicht ein Foto von uns machen?", fragte sie schüchtern. „Ja klar! Gerne." Sandra machte mit Sybilles Handy ein Foto von ihnen mit dem Leuchtturm im Hintergrund. „Apropos Foto. Hat Herr Damp Ihnen auch das Foto gezeigt? Er hat wohl jemanden gesucht." Sandra studierte aufmerksam die Gesichter der beiden, als sie die Frage stellte. Sybille machte große Augen und guckte Manou fragend an. Manous Lächeln verschwand und sie rechtfertigte sich: „Ja, aber das habe ich ihnen nicht erzählt, weil es mir nicht wichtig erschien. Ich hatte es schon wieder vergessen." Sie wurde immer hektischer, ließ Sybilles Hand los und fuchtelte mit großen Gesten vor Sandras Nase herum. „Außerdem habe ich niemanden richtig erkannt. Es war der Eingangsbereich der Rezeption auf dem Foto zu sehen und ein Ehepaar, das das Foto vermutlich gemacht hat. Die kannte ich nicht, aber er hat auch nach der Frau im Hintergrund gefragt. Die war aber nur unscharf zu sehen! So, wir müssen jetzt mal wieder los", fügte sie hinzu, nahm Sybilles Hand und führte sie weg.

Sandra schaute den beiden verwundert nach. Frank schaute sie ernst an. „Was war das denn nun wieder?", fragte ihr Mann ärgerlich. „Du belästigst aber jetzt nicht die Leute in ihrer Freizeit mit deinen Verhörmethoden, oder?"

Sandra erzählte Frank von dem Foto, das Herr Damp herumgezeigt hatte. Sie musste dieses Foto in die Hände bekommen, um herauszufinden, wer da im Hintergrund zu sehen war. Manou hatte zumindest einen Verdacht, so wie sie reagiert hatte. Auch Natalie wusste mehr, als sie zugab. Manou und Natalie hatten sich ja auch schon über Herrn Damp unterhalten. Sybille schien nichts darüber zu wissen. Sie arbeitete noch nicht so lange auf dem Campingplatz. Vielleicht hatte Manou ihr auch nichts erzählt, um sie da raus zu halten. Und wie passte Nina in diese ganze Sache hinein? Selbst Julia, die sonst rigoros mit unbequemen Gästen umging und kein Blatt vor den Mund nahm, verhielt sich merkwürdig nervös, wenn es um Herrn Damps Unfall ging. Julia hatte sie zwar gebeten, die Urlaubsgäste nicht zu befragen, aber sie könnte ja ganz unverfänglich ein Gespräch mit den „Nachbarn" beginnen und es dann auf den Unfallabend lenken.

Mal sehen, ob ihnen etwas aufgefallen war vor dem angeblichen Unfall.

Zusätzlich nahm sie sich vor mit ihrem Kollegen Rainer zu telefonieren. Er könnte ihr bestimmt ein paar Hintergrundinformationen zu Herrn Damps Lebensweg geben. Es steckte scheinbar mehr hinter dem Unfall, als sie bisher angenommen hatte. Sandra wurde sich immer sicherer, dass der Unfall ein Anschlag auf Herrn Damps Leben gewesen war.

Am Campingplatz angekommen, setzte sich Frank mit seinen Autozeitschriften in den Campingstuhl und blätterte darin herum. Lilli und Felix zogen sich um, packten Handtücher ein und gingen zum Strand. Sandra war froh, dass die beiden in diesem Urlaub gut miteinander auskamen. Sie teilte ihrem Mann mit, dass sie noch einen Spaziergang durch die Dünen machen wolle und lief los.

Gegenüber den Mobilhomes waren Stellplätze für Zelte oder Wohnwagen. Auch der Stellplatz genau gegenüber von dem Mobilhome, wo der Unfall geschah, war besetzt. Ein großes und ein kleineres Zelt waren schräg zueinander aufgebaut. Ein Campingtisch mit vier Stühlen drumherum stand zwischen den Zelten. Dort saß ein sehr beleibter Mann in einer ziemlich engen Badehose, die man mehr erahnte, als dass man sie sehen konnte, da der Bauch darüber hing. Rechts hinter dem kleineren Zelt stand ein VW-Bus mit Kölner Nummernschild, das ihn und seine Familie als Deutschen auswies. Sandra suchte den Blickkontakt, grüßte freundlich und versuchte den Mann in ein Gespräch zu verwickeln. „Hallo! Sind sie zum ersten Mal auf diesem Campingplatz? Wir sind schon zum vierten Mal hier. Es ist wirklich schön, oder?" Der Mann grüßte zurück und stand dabei auf. „Jou, echt schön hier. Aber weit zu fahren! Wir sind das erste Mal hier. Na, Hauptsache die Kinder und die Frau nörgeln nicht. Ich heiße übrigens Jens!" Er grinste Sandra breit an und streckte ihr die Hand entgegen. Sandra schüttelte seine Hand und antwortete: „Ich heiße Sandra! Wie alt sind denn ihre Kinder? Unsere sind jetzt 12 und 14, aber hier fahren sie immer noch gerne mit hin." „Unsere Emma ist 9 geworden und Ben ist 15. Ist vielleicht das letzte Jahr, das er mitfährt. Er hat sich aber wohl hier auf dem Campingplatz in ein Mädel verguckt. Dann ist der Urlaub nochmal so schön. Ist gerade hinterher an den Strand gesprintet. Erzählen tun die einem ja freiwillig nix mehr. Und meine Frau ist mit Emma zum Pool gegangen."

Sandra hatte kurz das Bild ihrer Tochter im Kopf, die gerade zum Strand gegangen war, und nahm sich vor, sie heute Abend mal zu fragen. „Seit wann sind sie denn da? Es gab doch diesen schlimmen Unfall. Das muss ja grässlich gewesen sein, so aus nächster Nähe", lenkte Sandra das Gespräch auf den Unfall. „Wie konnte das nur passieren?", setzte sie noch nach. „Ja, das war ein Ding! Die Explosion und dann der brennende Mann. Die Kinder waren zum Glück schon im Zelt. Der hat eigentlich nur noch einmal kurz gezuckt und ist dann umgefallen."

„Hat sich das denn angekündigt? Wie war der so drauf? Hat er den Grill vielleicht falsch bedient?", fragte Sandra nach. „Das war ein Ekelpaket. Hat jedes Gespräch abgeblockt. Dafür hat er die ganze Zeit seine Frau hin und her gescheucht. Die durfte nur Hiwi-Arbeiten machen und an den Grill hat er niemanden rangelassen. Der hatte die Tage vorher schon gegrillt, ich glaub nicht, dass der was anders gemacht hat an dem Abend. Meine Frau hatte vorher gesagt, dass der mal einen Denkzettel braucht. Die hatte so Mitleid mit der armen Ehefrau. Vielleicht hat ja jemand nachgeholfen, meinte sie. Später hatte sie dann ein schlechtes Gewissen, dass sie sowas gesagt hatte."

„Ist Ihnen denn etwas aufgefallen? War jemand vor dem Unfall an dem Grill?", bohrte Sandra weiter. „Sie meinen in der Nacht vor dem Unfalltag? Da muss ich überlegen. Wir saßen am Samstag noch bis circa 22:30 Uhr draußen. Hier kommen viele Leute vorbei, die zum Strand wollen oder von dort wiederkommen. Ah, jetzt weiß ich wieder. Da ist ein Pärchen vorbeigekommen, engumschlungen, die haben kurz vor dem Mobilhome angehalten und hatten Streit."

„Warum ist Ihnen das Pärchen denn aufgefallen? Haben die so laut gestritten?", fragte Sandra weiter. Jens schaute etwas verlegen und antwortete: „Nein. Das waren halt zwei Frauen. Das ist ja in Köln normal, aber hier fällt sowas schon auf. Die eine hatte tierisch hohe Schuhe an. Braune Locken. Die andere war schlank, groß mit langen Haaren. Ziemlich jung."

Sandra wusste sofort, wen Jens an dem Abend gesehen hatte und hakte nach: „Worüber haben die denn gestritten? Haben Sie das mitbekommen?" „Tja. Nicht alles. Die mit den braunen Locken hatte wohl ziemlich viel getrunken. Die hatte die leere Weinflasche noch in der Hand. Sie hat sie durch die Gegend geschwenkt und gesagt, dass man dem Kerl damit eins überziehen sollte. Dabei ist sie gegen die Hecke von dem Mobilhome gewankt. War ziemlich klar, wen sie meint. Aber die Jüngere hat sie weitergezogen und sich immer so hektisch umgeguckt." Nach einer kurzen Pause riss Jens die Augen auf. „Sie meinen doch nicht etwa, dass die was mit dem Unfall zu tun haben!? Also, das glaub ich jetzt nicht! Warum wollen Sie das denn eigentlich alles wissen? Wollen Sie denen jetzt einen Strick daraus drehen?" Ungläubig schaute Jens sie an. Sandra beschwichtigte ihn sofort. „Nein, nein. Ich war nur neugierig. Das sowas auf dem Campingplatz passiert, ist ja außergewöhnlich. Ich geh dann auch mal wieder. Man sieht sich, bis bald." Sandra hob noch kurz die Hand und lief weiter zum Strand.

Dort angekommen hielt sie Ausschau nach Lilli und Felix. Felix kickte weiter unten am Strand mit zwei anderen Jungs Fußball. Lilli lag auf ihrem Handtuch und sonnte sich. Neben ihr auf Felix` Handtuch lag ein fremder Junge, etwa in Lillis Alter. Die beiden unterhielten sich angeregt. Also doch! Das musste Ben sein. Was wohl Lillis Telefondate dazu sagen würde? Sandra lächelte. Bevor die Kinder sie entdeckten und ihr vorwerfen würden, ihnen nachzuspionieren, drehte sie um und ging zurück zum Platz. Kurz vor dem Abzweig zu ihrem Stellplatz begegnete ihr eine mollige, fröhlich wirkende Frau mit schwarzen kurzen Haaren, die ihre Tochter rief: „Emma, komm jetzt! Wir wollen gleich grillen." Das war dann wohl Jens` Frau und seine Tochter Emma.

Den Rest des Tages werde ich nichts mehr machen. Nur in der Hängematte liegen und lesen., dachte Sandra. Frank war auf seinem Stuhl eingeschlafen und schnarchte leise. Die Autozeitschriften waren auf den Boden gefallen.

Als die Kinder vom Strand kamen, fanden sie ihre Eltern beide schlafend vor. Papa auf dem Stuhl und Mama in der Hängematte. Felix weckte die beiden mit einem Kopfschütteln und sagte mit verstellter, tiefer Stimme: „So. Jetzt aber ab ins Bett mit euch, sonst kommt ihr Morgen gar nicht aus den Federn!"

Er fing an zu lachen und Lilli fiel mit ein. Sandra und Frank guckten zuerst die beiden verschlafen an, grinsten sich an und gingen schlafen. Frank rief seinen Kindern noch zu: „Eine Gute-Nacht-Geschichte braucht ihr uns heute nicht vorzulesen, wir sind zu müde!" Zurück kam nur ein langgezogenes: „Haha!"

Donnerstag

Als Sandra am nächsten Morgen wach wurde, hatte sie Kopfschmerzen. Sie merkte, dass sie sich viel zu sehr mit einem Fall beschäftigte, der nicht ihrer war, ja, der eigentlich gar nicht existierte. Trotzdem konnte und wollte sie nicht locker lassen, denn ihr Ehrgeiz war geweckt. Doch bevor sie heute mit Sarah sprach, wollte sie sich auf ihre Familie und ihren Urlaub konzentrieren. Sie stand auf, kochte Kaffee und löste sich eine Aspirin in Wasser auf. Heute wollten sie zum Plage de Plaisance. Das war ein Strand auf der anderen Seite der Insel. Die Kinder wurden auch schon wach, was man an den quietschenden Geräuschen der Luftmatratzen hörte, wenn sich jemand darauf herumwälzte. Frank stand gerade auf und verschwand mit seiner Kulturtasche grummelnd in Richtung Waschhaus. Während Sandra morgens erst mal einen Kaffee brauchte, musste Frank als Erstes duschen, um ansprechbar zu sein. Sandra hörte Lilli fluchen, die wohl versuchte sich in dem kleinen Pop-up-Zelt anzuziehen. Sie wäre niemals im Schlaf-T-Shirt herausgekommen. Man wusste ja nie, wer gerade vorbeikam und einen sah.

Nach dem Frühstück packten sie alles für den Strand-Tag zusammen. Vor dem Strand war ein

Parkplatz, sodass man nicht weit laufen musste. Es wurden jedes Mal mehr Dinge, die sie zum Strand mitschleppten. Inzwischen hatten auch die Kinder einen Strandstuhl, auf dem sie sitzen konnten. Außerdem natürlich Handtücher, Sonnenhüte oder Käppis, Bücher, Kekse, Wasser, Hundespielzeug, Trinknapf, Sonnenschirm, usw. Frank seufzte, als er den Kofferraum öffnete und hineinsah. Sie verteilten das Gepäck auf alle vier. Nur der Hund musste nichts tragen, wie Felix empört feststellte.

Kaum war alles am Strand aufgebaut und eingerichtet, liefen die Kinder mit Cookie zum Wasser. Je näher sie allerdings den relativ großen Wellen kamen, desto mehr zerrte Cookie in die entgegengesetzte Richtung. Sie fand schwimmen nicht lustig. Felix warf das schwimmende Hundespielzeug in die Brandung und musste es dann selber wiederholen, da der Hund sich losgerissen hatte und zurück zu unserem Liegeplatz kam. Frank und Sandra hatten es sich auf den Strandstühlen bequem gemacht und lasen. Cookie suchte ein schattiges Plätzchen hinter den Stühlen und fing an, sich ein kühles Loch zu graben, um sich hineinzulegen. Als die Kinder bibbernd aus dem Wasser zurückkamen und sich suchend umschauten, hob Frank die Hand, um sie zu sich zu lotsen. In diesem Moment kippte er samt Strandstuhl, wie in Zeitlupe, nach hinten weg und verschwand in Cookies Loch. Diese sprang, wie von der Tarantel gestochen aus dem Loch und verbellte Frank, der ihr mühsam gebuddeltes Loch dem Erdboden gleichmachte. Sandra, Lilli und Felix fingen gleichzeitig an zu lachen, während Frank zeterte: „Hört auf zu lachen! Kann mir vielleicht mal jemand helfen? Das ist nicht witzig!"

Doch! Es war witzig. Franks Beine guckten oben aus dem Loch, der Strandstuhl und Franks Oberkörper, sowie sein Kopf, steckten in dem Sandloch. Lilli rief: „Warte, Papa! Nicht bewegen. Ich mach nur schnell ein Foto!" Sie kramte ihr Handy aus dem Rucksack und fing an, um Frank herumzulaufen, um die beste Position für ein Foto zu finden. Felix liefen vor Lachen die Tränen übers Gesicht, während er versuchte, Cookie dazu zu bewegen, auch noch in das Loch, bzw. auf Franks Bauch zu springen. Cookie fand dieses Spiel wohl auch lustig, denn sie fing schwanzwedelnd an, hinter Sandras Stuhl ein neues Loch zu buddeln, sodass der Sand auf Frank flog, der daraufhin noch lauter fluchte.

Nach einer halben Stunde hatte Sandra Frank befreit, die Löcher wieder zugeschüttet und allen ein Eis am Strandkiosk gekauft. So war auch Frank wieder versöhnt. Vorher hatte er Lilli noch verboten, das Foto bei Instagram oder Facebook zu posten, woraufhin Lilli betonte, dass Facebook nur was für alte Knacker sei. Sie fand es nicht fair, dass sie diese lustige Geschichte nicht posten durfte. Frank rang ihr das Versprechen ab, nachdem er gedroht hatte, ihr Urlaubsgeld zu streichen.

Sandra nutzte die Gelegenheit, Lilli ein bisschen über Instagram, Facebook und deren GPS-Daten auszufragen. So erfuhr sie beispielsweise, dass man geposteten Fotos einen Ort hinzufügen konnte, sodass jeder erkennen konnte, wo diese gemacht wurden. Auch der momentane Aufenthaltsort wurde durch die GPS Daten übermittelt, wenn man diese Funktion aktiviert hatte, was Sandra sehr bedenklich fand. So wussten auch Einbrecher, dass die Familie z.B. in Frankreich war und sie in Ruhe das Haus leerräumen konnten. Sie hatte sich mit diesem Thema noch nicht ausgiebig beschäftigt, da sie in der Dienststelle Fachleute für so etwas hatten. Lilli hatte auch schon etliche Fotos gepostet, sodass ihre Freunde den Familienurlaub mit verfolgen konnten. Datenschutz und Privatsphäre wurden nicht gerade groß geschrieben bei diesen Unternehmen.

Vielleicht war das geheimnisvolle Foto, das Herr Damp herumgezeigt hatte, ja auch so ein gepostetes Foto. Die Person, die er suchte, war laut den Aussagen nur im Hintergrund zu sehen. Sie schien das Foto nicht ins Internet gestellt zu haben. Dass man so den Aufenthaltsort eines fremden Menschen preisgab, darüber machten sich wahrscheinlich die wenigsten Leute Gedanken.

Nach fast vier Stunden am Strand, machten sie sich auf den Rückweg. Sandra ging sofort duschen, da sie sich sandig und salzig fühlte. Den Kindern schien das nichts auszumachen, sie wollten erst abends duschen gehen. Soll mir egal sein, dachte Sandra. Ich muss ja zum Glück nicht mehr mitgehen! Sie dachte mit Schrecken an die Zeiten zurück, in denen sie mit schreiendem Kind unterm Arm unter die Dusche ging. Die Leute guckten einen dann immer so an, als wolle man das Kind umbringen, dabei war nur Haarewaschen fällig.

Franks Idee, gleich eine Runde Boule zu spielen, fand sogar die Zustimmung der Kinder. Sandra, die versprochen hatte, dass die „Ermittlungen" nicht den Urlaub beeinflussten, stimmte auch zu. Ihr Gespräch mit Sarah musste sie dann in den frühen Abend verschieben.

Der Bouleplatz war direkt links vor dem Tor zum Strand. Als sie dort ankamen, waren schon mehrere ältere Männer in ein Spiel vertieft. Der Platz war aber groß genug, um ungestört nebeneinander zu spielen. Nachdem Lilli drei Punkte hinten lag, verschlechterte sich ihre Laune allerdings zusehends und nach dem Ende der ersten Runde verkündete sie, dass sie keine Lust mehr habe. Sie lief zum Stellplatz zurück. Damit war das Boule-Spiel beendet. Sandra blickte ihr nach und genau in diesem Augenblick kam Sarah den Weg entlanggelaufen. Sandra ging auf sie zu und winkte lächelnd. Sarah entdeckte sie und winkte zurück. „Hallo, Sarah! Haben Sie Lust auf ein Glas Rotwein?", fragte Sandra sie unvermittelt. „Na klar. Ich habe noch einen leckeren Merlot im Mobilhome. Kommen Sie doch einfach mit", antwortete Sarah aufgeschlossen. Sandra drehte sich zu ihrem Mann um und sah ihn fragend an. Frank nickte nur und bot Felix an, noch eine „Männerrunde" zu spielen.

Sandra folgte Sarah zu ihrem Mobilhome. Sie setzte sich auf die Veranda und Sarah holte den Wein und zwei Gläser. Außerdem bot sie Sandra Käse und Trauben an. Als sie den ersten Schluck getrunken hatten, fragte Sandra vorsichtig: „Wie geht es Ihnen denn? Haben Sie den ersten Schock überwunden?" Sarah guckte sie zögernd an, doch dann erklärte sie: „Mir geht es gut!" Sandra tastete sich vorsichtig weiter. „Wie lange sind Sie schon verheiratet gewesen?" „Zusammen sind wir seit einem halben Jahr, aber verheiratet waren wir nicht. Er hat immer gesagt, dass er noch warten wolle. Es sei noch etwas zu erledigen. Ich dachte, dass er die Wahl zum Bürgermeister abwarten wolle. Obwohl er mich auf diesen Wahlveranstaltungen immer als seine Frau vorgestellt hat." Sandra war erstaunt über diese Aussage. Als sie Jörg Damp damals auf dem Buttermarkt gesehen hatte, hatte er tatsächlich von seiner Frau gesprochen, als er Sarah Wekmann vorstellte. „Ich hatte mich schon gewundert, dass Sie ihren Nachnamen behalten haben", überlegte

Sandra laut. „Wie kam es eigentlich zu diesem Urlaub hier? Ich hatte das Gefühl, das Jörg eher kein Camper, sondern Hotelurlauber war!?"

„Ja, das stimmt. Normalerweise buchte er Luxushotels all inclusive. Ich habe mich auch gewundert, als er letzten Dienstag unbedingt hier auf den Campingplatz wollte. Er ist neun Stunden durchgefahren, hat mich nicht ans Steuer gelassen und dann hier auf dem Campingplatz das vorletzte freie Mobilhome ergattert." „Erzählen Sie mir ruhig alles von Anfang an", warf Sandra ein. Sarah holte tief Luft und erklärte dann: „Na gut. Dann will ich Ihnen mal etwas über unsere Beziehung erzählen: Als wir uns kennenlernten, war Jörg sehr charmant, hat mir Komplimente gemacht und mich in tolle Restaurants mitgenommen. Ich war verliebt und habe anfangs die Anzeichen nicht bemerkt. Nach nur einem Monat bin ich zu ihm nach Kempen gezogen. Aber schnell wurde mir dann klar, dass er sehr eifersüchtig war und aggressiv reagierte, wenn ich von früheren Freunden erzählte oder auch mit Freundinnen weggehen wollte. Er schrie mich dann an, verbot mir auszugehen und hat mich sogar geschlagen. Ich habe mich nicht getraut, Schluss zu machen. Er hat mir gedroht: Er sagte, ich gehöre ihm und bevor jemand anderes mich bekommt, tötet er mich lieber. Also bin ich bei ihm geblieben." Sarah liefen Tränen übers Gesicht, sie hielt den Blick gesenkt, doch plötzlich schaute sie Sandra an und platzte dann heraus: „Ich bin nicht traurig über seinen Tod, aber ich war es nicht!" Es entstand eine kleine Pause. „Ich habe darüber nachgedacht", räumte sie ein, „Aber für sowas bin ich zu feige."

Sandra widersprach ihr: „Jemanden nicht zu ermorden, ist nicht feige!"

Vor Sandras Augen blitzte plötzlich ein lange verdrängtes Bild auf. Ein Mann mit einer zerschlagenen Flasche in der Hand steht groß und bedrohlich vor ihr. Schnell schüttelte sie den Kopf, um dieses Bild und die hochkommenden Gefühle wieder zu verdrängen.

„Ich glaube Ihnen, dass sie ihn nicht umgebracht haben. Aber genauso glaube ich auch, dass da jemand nachgeholfen hat. Es war kein Unfall."

„Wissen Sie, wie er auf die Idee gekommen ist, genau hierhin zu fahren? Hat es etwas mit dem ominösen Foto zu tun?", warf Sandra ein. „Ich denke schon. Er hat dieses Foto Dienstagmorgen ausgedruckt und ist völlig hektisch zum Telefon gerannt, um alle seine Termine für die nächste Woche abzusagen. Er hat den PC angelassen und ich war neugierig genug, um nachzusehen. Normalerweise darf...durfte ich sein Arbeitszimmer nicht betreten. Das Foto war bei Facebook von einem Ehepaar Müller gepostet worden und man konnte den Namen des Campingplatzes darauf lesen. Ich konnte mir keinen Reim darauf machen, was an diesem Urlaubsort so Besonderes sein sollte", erklärte Sarah. „Aber er beantwortete meine Frage nicht. Als er dann anfing das Foto herumzuzeigen und nach der Frau im Hintergrund zu fragen, hatte ich schon die Vermutung, dass der Urlaub doch einen ganz eigenen Zweck erfüllen sollte; nämlich diese Frau zu finden. Ich verstehe es aber, ehrlich gesagt, immer noch nicht", gab sie zu. „Warum wollte er sie finden?", fragte sie Sandra mit großen Augen. „Ich weiß es auch noch nicht. Aber ich versuche es herauszufinden."

„Haben Sie das Foto noch hier? Dürfte ich es mir mal ansehen?", schlug Sandra vor. „Vielleicht entdecken wir zu zweit doch noch einen Hinweis, der uns hilft, das Rätsel zu lösen."

Sarah zögerte kurz, doch dann stand sie auf, um das Foto zu holen. „Hier ist es. Nach der blonden Frau im Hintergrund rechts hat er wohl gefragt." Sandra betrachtete das Foto sehr genau. Im Vordergrund war das Ehepaar zu sehen. Sie standen vor der Rezeption des Campingplatzes. Man konnte das Schild über dem Eingangsbereich erkennen. Dort stand in Großbuchstaben: CAMPING LE SOLEIL. Neben dem Namen des Campingplatzes war der Umriss der Ile d`Oleron zu erkennen. So konnte jeder schnell erkennen, wo das Foto aufgenommen worden war. Links von dem Ehepaar konnte man einen Blick in die Rezeption werfen. Dort stand eine Frau, vielleicht Julia. Man konnte sie nicht erkennen, da der Hintergrund unscharf war. Rechts auf dem Bild sah man eine andere Frau mit blonden Haaren, die in Richtung des Campingplatzes lief. Ihr Gesicht war im Profil abgebildet, aber fast ebenso unscharf wie die Frau in der Rezeption. Sie hatte ein kurzes blaues Kleid an und zeigte viel von ihren langen, schlanken Beinen. „Was war an dieser Frau, dass Jörg Damp sie unbedingt finden wollte und dass er sie überhaupt erkannt hatte auf dem unscharfen Foto?", murmelte Sandra. Sie hielt das Foto ein Stück weiter weg und bemerkte einen Fleck auf dem Foto. Er befand sich auf dem Oberschenkel der Gesuchten. Doch als sie ihn wegwischen wollte, bemerkte sie, dass dieser Fleck ein Tattoo war. Normalerweise hatten Tattoos immer diesen blauschwarzen Farbton, doch dieses hier war feuerrot. Was es genau war, konnte man nicht erkennen, nur dass es eine längliche Form hatte. Sie teilte Sarah ihre Entdeckung mit und fragte sie, ob sie jemanden mit so einem auffälligen Tattoo kenne. Sarah riss erschrocken die Augen auf, fasste sich aber schnell wieder und behauptete niemanden mit so einem auffälligen Tattoo zu kennen. Sandra beobachtete Sarahs Reaktionen. Sie möchte irgendjemanden schützen. Aber wen?, fragte sich Sandra. Um diese Frage zu beantworten, musste sie wohl auf anderem Wege an Informationen kommen.

Sie fragte Sarah noch, ob sie das Foto haben dürfte und nach kurzem Zögern, gab sie es ihr. Sie beendeten den Abend nach drei Gläsern Rotwein und Sandra machte sich auf den Weg.

Morgen muss ich mich dringend mit Rainer in Verbindung setzen! Er kann bestimmt herauskriegen, ob es in Jörg Damps Vergangenheit jemanden mit einem auffälligen Tattoo gab, dachte Sandra, als sie zurücklief. Vielleicht probiere ich diesen Videochat mal aus, dann kann ich Rainer das Foto zeigen.

Frank erwartete sie schon und fragte sie mit einem schiefen Grinsen nach dem Stand der Ermittlungen. Sandra erzählte ihrem Mann von dem Gespräch mit Sarah, woraufhin das Grinsen aus Franks Gesicht verschwand. „Das ist ja schrecklich. Die arme Frau. Der schlägt Frauen und droht ihnen, sie umzubringen, wenn sie sich trennen wollen?", stieß er aus. „Da hatte sie aber einen guten Grund dem Kerl zuvorzukommen!", fuhr er fort. „Ich glaube aber nicht, dass Sarah Jörg Damp umgebracht hat. Sie hatte zu viel Angst. Er ist davon ausgegangen, dass hier auf dem Campingplatz jemand die Unbekannte kennt. Er hatte sich hier allerdings in kürzester Zeit so viele Feinde gemacht, dass keiner, den er gefragt hat, den Aufenthaltsort der Frau preisgegeben hat. Vielleicht redet einer von ihnen ja mit mir?", überlegte Sandra. Frank schnaubte nur kurz. „Das glaubst du doch selbst nicht, dass jemand die Frau ans Messer liefert, wenn alle die gleiche Vermutung haben wie du: Dass diese Unbekannte den Dreckskerl auf dem Gewissen hat. Vielleicht hatte sie auch Hilfe. Der war ja nicht gerade beliebt, wie du selber schon festgestellt hast."

„Ja, er hat sich mit Manou angelegt. Hat über Lesben hergezogen, Sybille hat er angegrabscht, Carine hat ihm Hausverbot erteilt, mit Natalie hatte er Streit und auch Julia war wütend auf ihn. Aber würdest du dich an einem Anschlag oder Mord beteiligen, wegen einem Streit mit einem Fremden, den du wahrscheinlich nach dem Urlaub nie wiedersiehst?", wandte Sandra ein. „Wenn das rauskommt, macht man sich sein ganzes Leben kaputt." „Ja, da ist was dran. Du kannst ja alle, die Streit mit Jörg Damp hatten, von deinem Kollegen überprüfen lassen. Vielleicht hat da jemand schon eine kriminelle Vergangenheit und schreckt vor nichts zurück", meinte Frank. „Die Idee hatte ich auch schon. Morgen wollte ich mit Rainer telefonieren oder per Video chatten. Er kann mir ein paar Informationen besorgen! Allerdings brauche ich dann die Nachnamen der Mitarbeiter. Ich hoffe, Julia gibt sie mir. Ihren Nachnamen weiß ich: Tatou! Wie die Schauspielerin Audrey Tatou. Die haben aber nichts miteinander zu tun. Das hat Julia letztes Jahr mal erwähnt. Dann gehe ich jetzt noch zur Rezeption, vielleicht ist Julia noch da!"

Sandra lief zur Rezeption und hatte Glück. Julia wollte gerade zuschließen und Feierabend machen. „Salut, Julia! Ich habe mal eine Frage: Könnten Sie mir die Nachnamen ihrer Mitarbeiter geben?", fragte Sandra ganz direkt. Julias Gesichtsausdruck wurde ernst. „Wieso das denn?", fragte sie zischend zurück. „Verdächtigen Sie jetzt meine Angestellten? Das ist absurd! Die Nachnamen stehen auf der Internetseite, ist kein Geheimnis, aber ich warne Sie: Wenn der Ruf meines Campingplatzes leidet, dann war das Ihr letzter Urlaub hier!" Sandra zuckte zurück. Mit einer solchen Gegenwehr hatte sie nicht gerechnet. Warum wollte Julia den „Unfall" nicht aufklären? Warum hatte sie der Polizei nichts von Sandras Anwesenheit am Unfalltag gesagt? Sandra wiederholte nochmal, dass sie nur den Unfall aufklären wolle. Sie ermittelte doch nicht offiziell. Julia ließ die Schultern sinken und schaute Sandra betroffen an. „Also gut! Einige meiner Mitarbeiter haben schwere Zeiten hinter sich. Ich habe ihnen die Chance gegeben, ihr altes Leben hinter sich zu lassen und hier neu anzufangen", erklärte sie Sandra. „Aber einen Mord traue ich keinem von ihnen zu! Warten Sie kurz. Ich hole Ihnen die Liste mit den Namen." Julia schloss die Rezeption wieder auf und verschwand in der Tür. Sandra überlegte noch, ob sie Julia auf das Foto ansprechen sollte, als sie wiederkam mit einem Blatt Papier in der Hand. „Hier, bitte. Und entschuldigen Sie mein Benehmen von vorhin. Ich möchte meine Leute nur schützen", fügte sie hinzu. „Danke!", erwiderte Sandra. „Ich kann Sie verstehen und verspreche, sehr sensibel mit dem ganzen Thema umzugehen. Hat Jörg Damp Ihnen eigentlich auch das Foto gezeigt? Hat er einen Namen genannt, nach dem er suchte?"

„Ja, das Foto hat er mir auch gezeigt. Allerdings habe ich mir nicht die Mühe gemacht, es genau anzuschauen. Ich hätte ihm sowieso keine Information zu irgendwelchen Gästen gegeben. Er hat nach einer Stefanie Mehlange gefragt. Der Name sagt mir aber nichts. Kann sein, dass wir einen Gast mit diesem Namen auf dem Campingplatz hatten, aber das muss schon lange her sein. Ich habe nämlich ein gutes Namensgedächtnis und diesen Nachnamen habe ich, glaub ich, noch nie gehört."

Sandra bedankte sich nochmal für Julias Vertrauen und versicherte ihr, dass sie offen mit ihr sprechen könne. Außerdem versprach sie Julia, sie auf dem Laufenden zu halten. Danach verabschiedeten sie sich.

Die Namensliste überflog sie abends nur kurz. Die würde sie abfotografieren und Rainer per Handy schicken. Mit Julias Nachnamen hatte sie recht. Sie hieß Julia Tatou. Natalie hieß Lampier, Manou Dubise, Carine Truite, Sybille Tranche. Die anderen Namen auf der Liste brauchte sie nicht überprüfen zu lassen. Es waren die Namen der Putzkolonne.

Sandra stockte kurz und überprüfte die Liste noch einmal. Ninas Name fehlte. Sie arbeitete doch auch für Julia. Sie nahm sich vor, Julia Morgen danach fragen.

Sandra legte sich ins Bett, doch ihre Gedanken ließen sie nicht einschlafen. Ihre eigene Vergangenheit holte sie wieder ein. Die Szene spielt sich vor ihrem inneren Auge ab, wie ein Film. Martin, mit der zerbrochenen Sektflasche, kommt auf sie zu und schlägt nach ihr. Sie rennt in die Küche, hat plötzlich das Fleischermesser in der Hand und geht auf ihn los. Als es an der Tür klingelt, spielt er plötzlich das verängstigte Opfer, schreit um Hilfe und hält das verletzte Handgelenk hoch, während er die Tür aufmacht. Später hatte er Sandra tatsächlich angezeigt und behauptet, er wäre unbewaffnet gewesen und sie wäre unvermittelt auf ihn zugestürmt und hätte ihn verletzt.

Während der Vernehmung durch ihre Kollegen, war sie in den Raum gestürzt und war auf Martin losgegangen. Ihre Kollegen hatten sich damals dazwischengeworfen. Durch die Aussagen dieser Kollegen wurde das Disziplinarverfahren gegen sie später wieder eingestellt, sodass sie weiter als Polizistin arbeiten konnte.

Nur durch ihr fotografisches Gedächtnis konnte die Tat rekonstruiert werden und durch Martins Fingerabdrücke, die verkehrtherum auf der Flasche

80

waren, konnte er zur Rechenschaft gezogen werden. Leider wurde Martin nur zu einem Jahr verurteilt und das wurde zur Bewährung ausgesetzt, da er nicht vorbestraft war und Sandra keine nennenswerten Verletzungen erlitten hatte.

Das Ganze war inzwischen 20 Jahre her und Sandra hatte es durch viele Therapiestunden verarbeitet, aber in manchen Situationen kamen Erinnerungen und Gefühle wieder hoch, die sie lieber vergessen hätte.

Sandra kuschelte sich an Frank, er war ihr Fels in der Brandung und sie wurde ruhig. Schließlich wurde sie von der Müdigkeit übermannt und schlief ein.

Freitag

Die Vögel zwitscherten schon fröhlich vor sich hin, als Sandra von ihrem Mann mit einem Kuss geweckt wurde. „Was war denn mit dir los? Du hast aber unruhig geschlafen", fragte er sie. „Ach nichts. Geht schon wieder. Hab nur blöd geträumt", murmelte Sandra abwesend.

Als sie später aus der Dusche kam, war sie wieder in der Gegenwart angekommen und ihre Laune war auch viel besser geworden.

Nach dem Frühstück rief sie bei ihrem Kollegen Rainer an. Sie waren schon lange ein eingespieltes Team. Er: groß, beeindruckende Statur, wenn auch etwas übergewichtig. Auf Rainer konnte man sich hundertprozentig verlassen. Er war immer die Ruhe in Person und behielt den Überblick. Sie vertraute ihm blind. Er hatte einen trockenen Humor, genau wie Sandra. Sie war das Gegenteil von Rainer: Klein, gerade 1,65 m, die Größe, die man brauchte, um überhaupt Polizistin werden zu können. Sie war drahtig, aber leider auch eher unsportlich, und ging bei Ungerechtigkeiten an die Decke. Manchmal war sie zu hektisch, aber Rainer holte sie dann immer auf den Boden der Tatsachen zurück.

Als Rainer abnahm, lachte er ins Telefon: „Hallo, Sandra! Ist dir soo langweilig im Urlaub, dass du mich anrufen musst?" „Sehr lustig, Rainer. Nein, ich habe eine Bitte!..Also" „Moment mal!", fuhr Rainer ihr ins Wort. „Du bist doch nicht etwa am Arbeiten? Jetzt sag mir nicht, du hast einen Toten gefunden! Dafür bist du nicht zuständig! Kannst du nicht einmal einfach abschalten?" Kleinlaut gab Sandra zu, dass sie tatsächlich an einem Fall arbeitete. Sie erzählte Rainer die ganze Geschichte und gab ihm die Namen zur Überprüfung durch. „Und kannst du bitte Jörg Damp einmal checken? Er ist in Kempen gemeldet, das ist ja unser Zuständigkeitsbereich", fragte Sandra. „Bei den anderen Personen dauert es ein bisschen, aber Jörg Damp kann ich jetzt überprüfen. Was willst du wissen?" „Alles, was du rauskriegst: War er verheiratet? Ist er mal straffällig geworden? usw."

„Ok. Hier haben wir ihn: Jörg Damp, geboren 4.4.1972 in Düsseldorf. Wohnt in Kempen. Kandidiert gerade für das Amt des Bürgermeisters; Na, das wird jetzt wohl nix mehr", schob Rainer glucksend ein. „Er ist verheiratet seit Juni 2012. Scheint viel Kohle zu haben, hat anscheinend einige Immobilien in Düsseldorf, die er vermietet. Straftaten: Keine, bis auf ein paar Knöllchen, wegen zu schnellem Fahren und falsch Parken. Eigentlich ziemlich unauffällig, würde ich sagen."

„Moment Mal! Er ist seit 2012 verheiratet? Mit wem? Mit seiner jetzigen Partnerin war er erst ein halbes Jahr zusammen", warf Sandra ein. „Seine Frau heißt Stefanie Damp, geborene Mehlange", antwortete Rainer umgehend. „Hast du ein Foto von ihr? Oder nein, ich kann selber nachgucken. Das ist also seine eigene Frau, nach der er gesucht hat. Wenn die Ehe genauso lief, wie seine jetzige Partnerschaft, würde ich verstehen, wenn sie weggelaufen ist. Dann kannst du Sarah Wekmann bitte auch noch durchchecken", stellte Sandra fest. „Vielen Dank für die Infos, Rainer. Ich melde mich heute Abend nochmal, wegen den anderen Namen." „Ich weiß gar nicht, warum ich das mache. Schließlich sollst du dich da erholen und nicht arbeiten!", erklärte Rainer. „Was sagt denn dein Mann dazu?" „Ach, frag lieber nicht! Aber der versteht mich. So wie du!", setzte sie grinsend nach. „Bis später dann", verabschiedete sie sich.

Sandra überlegte, ob sie Sarah informieren sollte, dass ihr Lebenspartner noch verheiratet war. Vielleicht kannte sie seine Frau ja doch, oder es gab noch Bilder in der gemeinsamen Wohnung. Gerade als sie sich entschloss noch einmal mit Sarah zu sprechen, übernahm Felix das Kommando und kündigte an, nach Boyardville fahren zu wollen. Alle fanden diese Idee gut, sodass Sandra ihre weiteren Nachforschungen verschieben musste.

„Hier gibt es wenigstens coole Läden!", erklärte Felix zufrieden, kaum dass sie angekommen waren. Und schon stürmte er den ersten Ramschladen, um sein Taschengeld unter die Leute zu bringen. Auch Lilli ließ sich anstecken und stöberte durch den Laden. Sandra und Frank riefen den Kindern noch hinterher, dass sie sich in das gegenüberliegende Café setzen und warten würden. Sie bestellten sich jeder einen Café créme- wenn man nur Kaffee bestellte, bekam man einen Espresso- und harrten der Dinge, die da kommen würden. Zehn Minuten später, von den Kindern noch keine Spur, kam ein bekanntes Gesicht vorbei und grüßte Sandra freundlich: „Hallo, Sandra. Ihr seid auch in Boyardville? Was für ein Zufall." Frank schaute Sandra erstaunt an und Sandra beeilte sich alle vorzustellen. „Das ist Jens. Er macht mit seiner Familie auch Urlaub auf unserem Campingplatz. Das müssen dann Ben und Emma sein!?", fragte Sandra nach. „Und deine Frau?" Jens nickte: „Ja, meine Frau Monika." Er streckte Frank die Hand entgegen und fragte: „Du bist dann der Ehemann, oder? Und wo sind deine Kinder? Wir duzen uns doch, oder?", fragte er in Sandras Richtung nach. „Ja, ja, das ist in Ordnung. Das ist Frank, mein Mann und Lilli und Felix sind da drüben im Laden, ihr Geld ausgeben", erklärte sie. „Habt ihr Lust euch zu uns zu setzen?"

Sandra schaute Ben an, der rot angelaufen war und stotternd verkündete, dass er auch mal in den Laden gehe. Er packte Emma bei der Hand und zog sie mit sich. Jens und Monika setzten sich und bestellten auch einen Kaffee. „Ben benimmt sich seit ein paar Tagen so komisch", bemerkte Monika. „Ich glaube, da ist ein Mädchen im Spiel." „Ja, ich habe auch eine Vermutung, um wen es sich handeln könnte", entgegnete Sandra lächelnd. Sie erzählte von ihrer Beobachtung am Strand. „Aber verratet nicht, dass ich sie gesehen habe", flüsterte sie verschwörerisch.

Nach weiteren zehn Minuten tauchten Lilli und Felix wieder auf. Im Schlepptau hatten sie Emma und Ben, dessen Gesichtsfarbe immer noch etwas unnatürlich wirkte. Felix strahlte und hielt eine Tüte hoch. Stolz präsentierte er seine Einkäufe. „Also: Ich habe mir voll die coole Kette gekauft. Da hängt ein echter Haifischzahn dran. Und dann die Schachtel mit Keksen in Form der Ile d`Oleron und einen Schlüsselanhänger mit dem Fort Boyard. Super, ne?" Beifall heischend schaute er in die Runde, erntete aber eher Grinsen und Kopfschütteln. Nur sein Vater beglückwünschte ihn zu seinem Erfolg. Lilli packte ihre Tüte erst auf Nachfrage aus. Sie hatte ein Strandhandtuch mit der Ile d`Oleron darauf erstanden und ein geflochtenes Armband mit ihrem Namen auf einem eingearbeiteten Schildchen. Sie war sehr schweigsam, was eventuell an der Anwesenheit des 15jährigen Jungen lag, der sie nicht aus den Augen ließ. Auch Lilli warf immer mal wieder einen Blick zu Ben, der daraufhin wieder rot wurde und den Blick schnell senkte.

Die beiden Familien gingen zusammen noch ein Eis essen, nachdem sie den Kaffee bezahlt hatten. Jens erzählte, dass sie noch auf der Suche nach einem schönen Strandabschnitt wären und Frank erklärte ihm daraufhin den Weg zum Plage de Plaisance. Früher hatten ihre Kinder dort immer massenhaft Muscheln gesammelt, die dann in Tüten verpackt mit nach Hause transportiert wurden. Zu Hause angekommen, waren diese Muscheln dann geruchstechnisch nicht mehr zu ertragen, sodass sie hinten im Garten oder direkt im Müll landeten.

Nachdem sie eine Runde gemeinsam durch das Städtchen marschiert waren, verabschiedeten sie sich von Jens und seiner Familie und machten sich wieder auf den Heimweg. „Wir fahren jetzt direkt einkaufen. Der Super U liegt fast auf dem Weg", kündigte Frank an. Gesagt, getan. Als sie auf den Parkplatz des Supermarktes fuhren, war der relativ leer. Sie besorgten sich einen von den sehr tiefen Einkaufswagen und gingen hinein. Sandra bekam eine Gänsehaut, da die Klimaanlage kalte Luft in die Gänge pustete. Sie waren alle für die sommerlichen Temperaturen, die draußen herrschten, angezogen. Lilli und Felix machten sich sofort auf die Suche nach Chips und Süßigkeiten, und Frank und Sandra steuerten die Fischtheke an. So viel frischen Fisch gab es am Niederrhein nicht zu kaufen. „Wir könnten Dorade grillen", schlug Frank vor, doch dann entdeckten sie ein großes Stück Thunfisch. „Davon nehmen wir zwei dicke Scheiben mit!", strahlte Sandra. Auch Frank mochte Thunfisch gerne, nur die Kinder würden wieder mosern. „Was machen wir für die Kinder?", seufzte Frank auch schon genervt. „Keine Ahnung! Vielleicht Fischstäbchen oder Hähnchenbrust, die kann man auch grillen", schlug Sandra vor. „Dann machen wir Reis dazu, das passt!"

Die Kinder kamen mit riesigen Bergen von Chipstüten, Keksen und Weingummi zurück und warfen alles in den Wagen. Naja, sie waren ja im Urlaub! Nachdem sie auch noch verschiedene Sorten Joghurt, Pudding und Crème brulèe eingepackt hatten, gingen sie zur Kasse.

Nach dem sehr leckeren Mittagessen wollten die Kinder zum Strand. Felix erklärte grinsend: „Vielleicht ist dein Bennilein ja auch da!" „Noch ein Wort und du bist tot!", konterte Lilli grimmig. „Hört auf zu streiten!", riefen Sandra und Frank fast gleichzeitig aus. Doch Felix setzte noch mal nach: „Die Frise geht ja gar nicht von deinem Schatzi, mit diesen abrasierten Seiten!" Dann rannte er los, denn Lilli war, schon während er sprach, auf ihn losgegangen. „Ja, ich weiß. Ich soll mich darüber nicht so aufregen. Aber die Kinder nerven manchmal einfach! Und was ist eine Frise?", entfuhr es Frank laut. „Die Frisur!", erklärte Sandra. „Die kriegen sich schon wieder ein!", fügte sie hinzu. „Ich telefonier jetzt noch mal mit Rainer. Vielleicht hat er schon was rausbekommen."

Rainer war tatsächlich fleißig gewesen. „Das war gar nicht so einfach an die Infos zu deinen Franzosen zu kommen. Erst mal die Deutschen: Von Sarah Wekmann haben wir nur wenig. Sie ist in Hüls geboren und kennt Jörg Damp wahrscheinlich erst seit einem halben Jahr. Er hat sie auf Wahlveranstaltungen als seine Frau vorgestellt, sie waren aber nicht verheiratet. Sonst wäre ja auch aufgeflogen, dass Jörg Damp bereits verheiratet ist, also war. Er ist nie geschieden worden. Sie ist jetzt in Kempen gemeldet. Seine Frau Stefanie Mehlange ist 1992 in Düsseldorf geboren. Im Juni 2012 hat sie Jörg Damp geheiratet und seinen Namen angenommen. Seitdem wohnten sie zusammen in Kempen. Sie ist aber nie mit Herrn Damp zusammen in Erscheinung getreten. Polizeilich ist Stefanie nie aufgefallen. Ich habe aber ein bisschen weiter geforscht. Seit Mai 2016 hat sie ihre Kreditkarte und auch die EC-Karte nicht mehr benutzt. Vielleicht ist deine Vermutung richtig und sie ist abgetaucht. Allerdings hat weder Herr Damp noch ihre Eltern sie als vermisst gemeldet. Bei den anderen Namen auf der Liste habe ich nur das Geburtsdatum, den Geburtsort und den derzeitigen Arbeitsplatz, bis auf Natalie Lampier. 1990 wurde sie in Paris geboren.

Sie ist 2014 beim Diebstahl erwischt worden. Sie stand wohl unter Drogeneinfluss. Sie wurde damals zu Sozialstunden und Entzugstherapie verurteilt. Die Sozialstunden hat sie in einem Altenheim abgeleistet. Danach ist sie nicht wieder auffällig geworden. Seit knapp zwei Jahren ist sie auf dem Campingplatz Le Soleil gemeldet. Sie wohnt und arbeitet dort, kriegt Gehalt und zahlt Steuern. Manou Dubise arbeitet seit 6 Jahren auf dem Campingplatz, Julia Tatou leitet seit 2004 den Campingplatz mit ihrem Mann Henri zusammen, Carine Truite hat das Restaurant im September 2013 gepachtet und arbeitet seitdem als Köchin dort. Und Sybille Tranche ist als Studentin in Paris eingeschrieben. Mehr habe ich nicht herausfinden können." Sandra hatte konzentriert zugehört und sich das Wichtigste notiert. „Vielen Dank, Rainer. Das hat mir schon sehr weitergeholfen. Ich melde mich, wenn ich wieder zu Hause bin! Und ich verspreche dir, dass ich erholt und entspannt aus dem Urlaub zurückkomme!", fügte sie noch schnell hinzu, bevor sie das Telefonat beendete.

Sandra fiel ein, dass sie Bilder von Stefanie Mehlange heraussuchen wollte und setzte sich mit ihrem Handy in die Hängematte. Sie gab den Namen bei Google ein und es wurde tatsächlich nur eine Person mit diesem Namen angezeigt. Sandra schaute auf die Bilder und klickte eines an, um es genauer zu betrachten. Stefanie war eine hübsche, schlanke Frau. Sie hatte blonde, lange Haare, blaue Augen und eine niedliche Stupsnase. Auf dem Bild schaute sie schüchtern Richtung Kamera. Sie trug einen Hosenanzug in schwarz und wirkte darin sehr elegant. Kein Wunder, dass Jörg Damp sie geheiratet hatte, Stefanie war genau sein Frauentyp!, dachte Sandra. Irgendwie kam Sandra die Frau bekannt vor, sie wusste aber nicht woher. Auf allen Fotos, die sie fand - es waren relativ wenige- war Stefanie elegant gekleidet, und leider hatte sie auch immer etwas Langes an, sodass man auf keinem der Bilder ein Tattoo entdecken konnte. Sie war weder bei Facebook, noch bei Instagram zu finden. Es gab ein einziges Hochzeitsfoto, auf dem sie ein traumhaftes Kleid und einen Schleier über dem Gesicht trug. Jörg Damp strahlte in die Kamera. Es war das einzige Foto, auf dem sie zusammen zu sehen waren. Und es war auch das letzte Foto, das zu finden war. Sandra kramte in ihren Erinnerungen, wo sie dieses Gesicht schon mal gesehen hatte. Auf einmal fiel es ihr wie Schuppen von den Augen. Sie rief sich das Bild aus dem Waschhaus vor Augen, als sie Sarah und Nina dort getroffen hatte. Zu diesem Zeitpunkt hatte sie nur auf Sarah geachtet, doch jetzt betrachtete sie Nina genauer. Sie hatte sich ein großes Duschtuch umgewickelt, ihre schwarzen Haare waren vom Duschen noch nass gewesen und sie hatte sie nach hinten gekämmt. Als Sandra sie wiedersah, bei Natalie am Kiosk, hatte sie ihren langen Pony über das Gesicht fallen lassen, sodass man kaum etwas davon sah. Doch als Sandra jetzt auf dieses Standbild in ihrem Kopf schaute, erkannte sie die Stupsnase und die blauen Augen wieder. Nina war Stefanie Mehlange. Sie schaute auf die Beine, doch die Stelle, wo Sandra das Tattoo vermutete, war von dem Duschhandtuch verdeckt. Sarah hatte es aber wahrscheinlich gesehen, denn ihre Reaktion auf Sandras Frage nach dem Tattoo, war ziemlich eindeutig gewesen. Wusste sie also doch etwas von der Ehefrau? Sandra nahm sich vor, Sarah mit ihrer Entdeckung zu konfrontieren und zur Rede zu stellen. Wenn sie dann noch etwas verheimlichte, hatte sie vielleicht doch etwas mit dem Mord zu tun. Denn dass dieser Unfall ein Mord war, stand für Sandra jetzt außer Frage.

Sandra merkte, wie sie in Rage geriet und zwang sich Ruhe zu bewahren. Normalerweise war das Rainers Part, aber der war ja nicht hier. Na gut! Dann würde ihr Mann herhalten müssen. Irgendwem musste sie von ihren Überlegungen erzählen. Als Frank nach über einer Stunde -solange dauerte Sandras Redeschwall- seine Frau ansah, verkündete er ruhig: „Du hast den Fall also fast gelöst. Ich bin stolz auf dich. Aber vergiss nicht, dass du hier nicht offiziell ermittelst. Rede mit Julia, Sarah und allen weiteren Betroffenen darüber. Vielleicht gibt es eine Lösung, ohne die hiesige Polizei einzuschalten." „Ja, ich gehe zuerst zu Sarah und danach zu Julia. Vielleicht weiß ich dann schon mehr", erwiderte Sandra.

Sie traf Sarah auf der Veranda ihres Mobilhomes an. Sarah schien sich über ihr Kommen zu freuen und bot Sandra etwas zu Trinken an. Als sie mit einem Glas Wasser wieder nach draußen kam, begann Sandra zu erzählen, was sie herausgefunden hatte. Sarahs Augen wurden immer größer. „Er war verheiratet?", fragte sie entsetzt nach. Sie wusste also wirklich nichts von der Ehefrau, bemerkte Sandra. Sie fragte Sarah nach ihrer Urlaubsbekanntschaft Nina, alias Stefanie. „Wann und wie haben Sie sich kennengelernt? Ist Ihnen irgendetwas aufgefallen an ihr? Und warum haben Sie das Tattoo nicht erwähnt? Das haben Sie doch gesehen, oder?" Sarah antwortete etwas unsicher: „Wir haben uns das erste Mal Mittwochmorgen im Waschhaus gesehen. Wir waren beide früh da. Nina, also Stefanie, kam da gerade aus der Duschkabine. Ich habe ihr Tattoo bewundert. Es ist eine rote Schlange, die sich den Oberschenkel hinaufschlängelt. Ich habe sie gefragt, ob das nicht wehtut, sich das stechen zu lassen. Sie hat nur geantwortet: „Nicht mehr als Schläge!" Ich muss wohl ziemlich erschrocken geguckt haben, denn sie fragte mich mit einem Blick auf die blauen Flecken an meinem Oberschenkel, ob ich damit Erfahrung habe. Erst war es mir peinlich mit einer Fremden darüber zu sprechen, aber besser als mit jemanden, der dich kennt", gab Sarah zu. „Sie hat mir zugehört und hat mich irgendwie verstanden. Seitdem haben wir uns immer morgens im Waschhaus getroffen. Von sich hat sie nicht viel erzählt, außer dass sie gerne backt und einen Tortenservice mit ihrem Freund betreibt." „Wann haben Sie Stefanie erzählt, dass ihr Mann jemanden sucht? Das Foto haben Sie ihr erst am Dienstag gezeigt, als ich dazukam", hakte Sandra nach. „Ich glaube, es war Samstagmorgen. Ich habe mich darüber aufgeregt, dass mein Mann es sich mit allen verscherzt und ihnen dann das Foto unter die Nase hält, um ihm zu helfen, diese Frau zu finden. Stefanie wirkte plötzlich sehr nervös und hat mich nach meinem Nachnamen gefragt. Ich habe mir nichts dabei gedacht und ihn genannt. Aber Nina, oh Entschuldigung, Stefanie wollte auch den Namen meines Mannes wissen. Als sie ihn hörte, hatte sie es plötzlich sehr eilig. Sie hat etwas von einem Termin gesagt und ist gegangen. Am Sonntag hat sie mich dann nach dem Foto gefragt, aber am Montag nach dem Unfall…", Sarah stockte kurz, „habe ich es in der Aufregung vergessen. Auf ihr Drängen hin, habe ich es dann Dienstag mitgenommen und ihr gezeigt. Sie wirkte erleichtert, als sie es angeschaut hatte. Ich habe Ihnen nichts von dem Tattoo erzählt, weil ich nicht wollte, dass Stefanie Schwierigkeiten bekommt. Ich kann mir nicht vorstellen, dass sie Jörg umgebracht haben soll. Sie ist so ein lieber Mensch", meinte Sarah bestimmt.

Sandra konnte sie gut verstehen. Sarah sah das Gute in den Menschen. Leider sah die Realität oft anders aus. Sandra glaubte Sarahs Erzählungen. Sie wusste bis zu Sandras Nachfrage nach dem Tattoo nichts von Stefanies wahrer Identität. Wahrscheinlich konnte sie sich selbst danach keinen Reim darauf machen, wie alles zusammenhing.

Als Sandra sich verabschiedete, wurde es schon dunkel. Mit Julia spreche ich dann Morgen., überlegte Sandra. Sie kennt wahrscheinlich Stefanies wahre Identität. Hoffentlich steckt sie nicht mit drin.

Frank erwartete sie schon mit einem Glas Rotwein in der Hand, das er ihr entgegenstreckte. Er ließ Sandra von dem Gespräch mit Sarah berichten und nahm sie in den Arm, als sie geendet hatte. „Jetzt schalten wir aber gemeinsam ab und gehen früh ins Bett!?", grinste er ihr verschwörerisch zu. Sandra musste lachen. „Ja, das machen wir!", erwiderte sie mit einem koketten Lächeln. Gut, dass die Kinder schon in ihren Zelten lagen und lasen.

Samstag

Das Geräusch des Verdunklungsrollos, das hochgezogen wurde, machte sie wach. Sandra hatte noch tief und fest geschlafen. „Los, steh auf! Es ist schon fast elf Uhr. Das kenne ich ja gar nicht von dir", rief Frank ihr aus dem Vorzelt zu. Was? Schon elf Uhr? Das kann doch nicht sein, dachte Sandra erschrocken. Schnell stand sie auf und schnappte sich ihre Kulturtasche. Dann kam der Kaffee heute mal nach dem Duschen. Eigentlich war es ja egal, wann sie aufstand. Sie hatte schließlich Urlaub, aber sie hatte heute noch einiges vor. Als erstes wollte sie mit Julia sprechen und danach mit Stefanie. Aber ein gemütliches Frühstück mit ihrer Familie war vorher noch drin. Frank hatte wahrscheinlich schon etwas gegessen, aber so wie sie die Schlafgewohnheiten ihrer Kinder einschätzte, hatten die noch nicht gefrühstückt.

Ihre Haare waren noch nass, als sie zwanzig Minuten später zum Platz zurückkam. Lilli und Felix saßen gerade erst am Frühstückstisch und bestürmten sie mit Fragen. „Also, wer war es denn jetzt?", fragte Lilli. „Ich hab doch gesagt, dass da jemand seine Finger im Spiel hatte!", rief Felix aus. „Verhaftest du heute den Täter?", fragte er gleich hinterher. „Nein. Moment mal. Wir sind nicht in Viersen, noch nicht mal in Deutschland. Ich bin hier nicht zuständig und kann niemanden verhaften", rechtfertigte Sandra sich. „Ist nicht so schlimm. Wenn der so`n Arsch war, mit Frauen schlagen und so, geschieht es ihm recht", äußerte sich Felix. Er hatte einen ausgeprägten Gerechtigkeitssinn, wie seine Mutter. „Wenn jeder das Recht in die eigene Hand nehmen würde und Selbstjustiz übt, dann würde im Land das Chaos regieren. Dafür haben wir doch einen Rechtsstaat, damit jeder gleichbehandelt wird. Auch wenn man die Verurteilungen und Rechtssprüche emotional nicht immer nachvollziehen kann", erklärte Sandra ihrem Sohn. „Abgesehen davon, weiß ich noch nicht, wer den Anschlag auf Jörg Damp verübt hat. Ich habe nur eine Vermutung, aber keine Beweise. Wenn es soweit ist, übergebe ich den Fall an die Polizei hier in Frankreich." Plötzlich stutzte Sandra. „Woher wisst ihr eigentlich so gut Bescheid? Hat Papa etwas erzählt?", sie schaute Frank strafend an. „Nein. Du hast gestern Abend alles Papa erzählt. Wir waren zwar in unseren Zelten, aber die sind ja nicht schalldicht", grinste Lilli sie an. „Und ich dachte, ihr lest", meinte Sandra, nun auch mit einem Grinsen. „Erzählt bitte nichts von dem, was ihr gehört habt herum", mahnte sie ihre Kinder. „Das ist kein Film, sondern bittere Realität." Die Kinder grummelten zwar ein bisschen, versprachen aber, nichts zu erzählen.

Lilli ging zu Frank und fragte nach Geld. Sie wollte mit Ben ein Eis essen gehen. Kaum hatte sie das gesagt, warf sie Felix einen bitterbösen Blick zu und fauchte: „Sag ja nichts!" Felix guckte sie ganz unschuldig an und verkündete: „Iiich? Niemals!" Dann grinste er Lilli frech an und erklärte, dass er ein paar Tricks auf dem Longboard üben wolle. Sandra fragte Frank: „Ist die größte geteerte Fläche zum Longboard fahren nicht vor der Eisdiele?" „Ja, da wird er sich rumtreiben. Und das Handy hat er auch mitgenommen", gab Frank zu. „Bestimmt macht er Beweisfotos, um sie zu ärgern."

Lilli verwendete im Moment ziemlich viel Zeit darauf, sich morgens zu stylen. Heute hatte sie sich für einen kurzen, schwarzen Jumpsuit entschieden, den man nur als dünner Teenager tragen konnte. Außerdem benutzte sie sehr viel Make-up, um älter auszusehen, als sie war. Sandra schaute ihrer 14-jährigen Tochter hinterher und dachte: Wann ist sie nur so erwachsen geworden?

Frank druckste ein wenig herum, doch dann setzte er sich gerade hin und erzählte Sandra: „Ich wollte warten, bis die Kinder weg sind. Um ehrlich zu sein, habe ich überlegt, es dir gar nicht zu erzählen." Er machte eine Pause. „Was wolltest du mir nicht erzählen? Rück schon raus mit der Sprache", fuhr Sandra ihn ungeduldig an. „Das habe ich heute morgen an der Wohnwagentür gefunden." Er hielt Sandra einen kleinen Zettel hin. Sandra nahm ihn und las laut vor: „Hör auf herumzuschnüffeln! Sonst...Gefahr!" Die Nachricht war handschriftlich geschrieben. „Nicht, dass du dich hier in Gefahr begibst", meinte Frank besorgt. „Ich pass schon auf mich auf! Der Zettel wirkt irgendwie unbeholfen, eher ängstlich, als bedrohlich", wandte Sandra ein. „Mach dir keine Sorgen. Vielleicht bringe ich ja heute etwas darüber in Erfahrung."

Nach dem Frühstück machte sich Sandra auf den Weg zu Julia in die Rezeption. Sie nahm das Foto mit, um es Julia noch einmal zu zeigen. Sie hatte das Tattoo bestimmt auch übersehen, da der rote Fleck, wie ein falsch belichtetes Foto aussah. Außerdem hatte sie schon zugegeben, sich das Foto nicht richtig angeschaut zu haben.

Julia empfing sie freundlich und lud Sandra zu einem Kaffee ins hintere Zimmer der Rezeption ein. „Dort können wir ungestört reden", bemerkte Julia. Sandra stimmte lächelnd zu. Sie war froh, das Ganze nicht an der Rezeption mit Unterbrechungen besprechen zu müssen.

Sandra fragte nach Nina: „Wie heißt Nina eigentlich mit Nachnamen? Sie stand nicht auf der Liste Ihrer Angestellten bzw. Pächter. Hatten Sie nicht gesagt, dass sie zwei Nachmittage an der Rezeption arbeitet?" Julia antwortete vorsichtig: „Nina heißt

Schulze mit Nachnamen. Sie kam im Juli 2016 auf den Campingplatz und hat sich als Gast auf einem Dauerplatz mit diesem Namen einquartiert. Eigentlich verlange ich den Personalausweis, doch sie erzählte mir, dass sie ihn auf der Reise verloren hätte. Den ersten Monat hat sie mir dann im Voraus bar bezahlt. Nach zwei Wochen fragte sie mich, ob ich Arbeit für sie hätte. Ich brauchte dringend Hilfe mit Abrechnungen und Gehaltsauszahlungen, und als sie sagte, sie könne sowas, hat sie dann drei Tage die Woche für mich gearbeitet." „Ist Ihnen da etwas aufgefallen? Hatte sie einen Personalausweis? Wie haben Sie sie bezahlt?", hakte Sandra nach. „Ja, das war etwas merkwürdig: Sie erzählte mir dann im Vertrauen, dass sie ihren Namen aus persönlichen Gründen geändert habe und deswegen keinen Personalausweis und auch kein Konto hätte. Sie hat mich gefragt, ob ich sie bar bezahlen könne. Erst habe ich abgelehnt; ich wollte keinen Ärger wegen Schwarzarbeit bekommen, aber sie wirkte auf mich nicht wie eine Kriminelle. Ich habe eine gute Menschenkenntnis und wollte ihr eine Chance geben. Wir haben uns darauf geeinigt, dass sie umsonst auf dem Campingplatz wohnen kann und im Restaurant essen kann. Bar ausgezahlt habe ich dann nur eine Art Taschengeld." „Das ist ja eher ungewöhnlich! Hat sie irgendwann einmal erwähnt, warum sie den Namen geändert hat, oder vor was sie weggelaufen ist?" „Nein, sie war, was

Persönliches anging, immer sehr zurückhaltend. Anfangs wirkte sie auch sehr nervös und ängstlich. Sie wollte nicht vorne an der Rezeption arbeiten, nur hier hinten im Zimmer. Sie hat ihre Arbeit aber immer zu meiner Zufriedenheit erledigt, daher habe ich sie in Ruhe gelassen." Sandra horchte auf: „Sie sagten anfangs war sie ängstlich? Wann hat sich das geändert und warum?" „Sie hat im September Tim kennengelernt. Er ist deutscher Auswanderer und hat sich sofort in Nina verliebt. Sie haben viel Zeit miteinander verbracht und bei unserer Weihnachtsfeier war es dann soweit, die beiden wurden ein Paar. Seitdem arbeitet Nina nur noch zwei Tage für mich. Die Beiden haben sich mit einem Tortenservice selbstständig gemacht. Tim ist Konditor und backt himmlische Kuchen und Torten." Julia leckte sich lächelnd die Lippen. „Geht das ohne Personalausweis?", fragte Sandra mit hochgezogenen Brauen. „Ich denke, das Geschäft läuft über seinen Namen. Nina ist zwar offener und fröhlicher geworden, aber sie arbeitet immer noch lieber im Hintergrund. Sie macht den Telefonservice, Aufträge, Bestellungen und den ganzen Papierkram bzw. Rechnungen. Tim backt und liefert aus." Sandra holte das Foto aus ihrer Tasche und schob es Julia über den Tisch. „Haben Sie Stefanie wirklich nicht erkannt? Oder wollten Sie sie schützen?", fragte Sandra sie. „Sie ist also Stefanie Mehlange? Der Name, den Herr Damp genannt hat?" Sandra nickte nur. Julia machte eine kurze Pause und schaute sich das Foto genauer an. „Ach, jetzt sehe ich es auch. Sie meinen das Tattoo, oder? Das ist mir beim ersten Mal tatsächlich nicht aufgefallen. Es ist eine Schlange auf Ninas Oberschenkel, also Stefanies Oberschenkel", räumte Julia ein. „Als Herr Damp nach Stefanie fragte, war ich nicht sehr kooperativ, wie Sie sich vielleicht vorstellen können. Das Foto habe ich ihm direkt wieder zurückgegeben. Mir war nicht klar, nach wem er sucht, aber seine Absichten waren wohl kaum positiv. Aber dass Stefanie jemanden umgebracht hat, glauben Sie das wirklich? Sie ist ein netter, freundlicher Mensch. Die kann doch keiner Fliege etwas zu Leide tun. Hier auf dem Campingplatz hilft sie allen und hat Freunde gefunden; Natalie und Carine!"

Sandra schaute Julia nachdenklich an. Sie glaubte ihr. Julia glaubte an das Gute im Menschen. Sie hatte nicht nur Stefanie, sondern auch Natalie eine Chance für einen Neuanfang gegeben. „Sie möchten jetzt bestimmt mit Stefanie sprechen, nicht wahr?", fügte Julia abschließend hinzu. „Wenn Sie den Weg hinter der Campingplatzeinfahrt links entlanglaufen, ist es das vierte Mobilhome auf der rechten Seite."

Sie ging erst zurück zum Stellplatz, um kurz mit Rainer zu telefonieren. Sandra wusste, dass er Wochenend-Dienst hatte. Sie konnte ihn also auf der

Arbeit anrufen. Als sie ihn am Telefon hatte, klärte sie ihn über den Ermittlungsstand auf und erzählte ihm auch, dass sie später mit Stefanie sprechen würde. Rainer merkte noch an, dass sie den Fall der französischen Polizei übergeben müsse. Straftaten, die im Ausland von deutschen Staatsbürgern begangen wurden, wurden auch im Ausland verfolgt.

Als Sandra aufgelegt hatte, schaute Frank sie mitleidig an und stellte mal wieder fest, dass dieser Job für ihn nichts sei. Er konnte gerade in solchen Fällen die Täter verstehen. „Der Staat greift immer erst ein, wenn es zu spät ist", murmelte er bedrückt vor sich hin. „Frauen werden geschlagen, Kinder misshandelt -und wenn die sich wehren, sind sie plötzlich Täter und nicht mehr das Opfer." Sandra glaubte auch, dass fast jeder in ihrem Job irgendwann einmal mit dem System des Rechtsstaates haderte. Dieser Punkt lag bei ihr lange zurück. Es war nicht immer leicht, alle Täter und Opfer gleich zu behandeln. Oft konnte Sandra gerade bei Fällen, in denen es um Rache für Misshandlung oder Ähnliches ging, das Leid und den Druck der Opfer, die zu Tätern wurden, nachvollziehen. Doch wieviel Verständnis sie für bestimmte Motive hatte, hatte nichts damit zu tun, dass sich jeder an das Gesetz halten musste. Daran glaubte sie inzwischen fest und hatte gelernt, ihre persönlichen Emotionen außen vor zu lassen.

Auf dem Weg zu Stefanies Zuhause, begegnete sie einem braungebrannten, gut aussehenden Mann, der in dieselbe Richtung unterwegs war. Er hatte braune Locken, die wild von seinem Kopf abstanden. Sandra bemerkte, dass er dasselbe Mobilhome ansteuerte, wie sie. Das muss dann wohl Tim sein, dachte Sandra. Ob er von Stefanies Vergangenheit wusste? Oder war er genauso ahnungslos, wie Julia?

Sandra folgte ihm bis zur Terrasse des Mobilhomes und machte sich bemerkbar. „Ähm, guten Tag! Sie sind sicher Tim? Ich würde gerne mit Ihrer Freundin sprechen, Ste..Nina. Ist sie da?", fragte Sandra. Tim drehte sich um und lächelte sie strahlend an. Sandra konnte gut verstehen, dass Stefanie sich in ihn verliebt hatte. Er hatte Lachfältchen um die Augen, was mutmaßen ließ, dass er viel und gerne lachte. „Hallo! Wenn Sie eine Torte bestellen wollen, kann ich Ihnen unseren Flyer mitgeben, frisch gedruckt. Dann können Sie in Ruhe schauen, was Sie haben möchten und alles Weitere telefonisch mit uns absprechen", erklärte er mit einem Satz ihre Geschäftsidee. Er hielt ihr einen Flyer entgegen, den Sandra gerne annahm. Das wäre eine tolle Überraschung für Lillis 15. Geburtstag, der diesmal in Ihren Urlaub fiel. Da könnte sie eine Geburtstagstorte bestellen. Dann fiel Sandra siedend heiß ein, weswegen sie gekommen war. Sie konnte nicht damit rechnen, dass Stefanies Freund einen Kuchen für sie backen würde, wenn sie kurz vorher seine Freundin eines Mordes oder Totschlags überführen würde. „Nein, deswegen bin ich eigentlich nicht hier. Ich möchte mit Nina sprechen", wiederholte sich Sandra. „Ok. Sie ist innen, gehen Sie ruhig hinein. Ich hatte nur meinen Autoschlüssel liegen lassen." Tim schnappte sich den Schlüssel, der auf dem Tisch lag. „Ich bin dann mal weg- Kuchen ausliefern. Der ist schon im Auto", erklärte Tim, drehte sich um und ging fröhlich pfeifend den Weg entlang.

Sandra ging langsam zur Tür und klopfte an den Holzrahmen. Eine Stimme rief ihr von innen zu: „Wieso klopfst du denn? Komm rein. Oder hast du die Hände voll? Warte, ich helfe dir." Sandra hörte, dass sich Schritte näherten. Stefanie erschien im Türrahmen und erstarrte mitten in der Bewegung. „Hallo Stefanie, ich bin Sandra Gruber. Erinnern Sie sich? Wir haben uns im Waschhaus getroffen und dann nochmal kurz bei Natalie am Kiosk gesehen." Stefanie wurde blass um die Nase und erwiderte mit tonloser Stimme: „Wieso nennen Sie mich Stefanie? Mein Name ist Nina! Was wollen Sie überhaupt hier?" „Darf ich hereinkommen?", fragte Sandra mit sanfter Stimme. „Dann können Sie mir die ganze Geschichte erzählen. Und wir überlegen gemeinsam, wie es weitergeht." „Ich weiß gar nicht, was Sie meinen. Lassen Sie mich in Ruhe!", fauchte Stefanie sie an. „Ich bin von der Polizei, allerdings arbeite ich in Deutschland und bin hier im Urlaub. Trotzdem muss ich solche Hinweise auf ein Verbrechen der hiesigen Polizei melden. Sie wollen doch nicht Ihre Freunde mit hineinziehen, oder? Machen Sie reinen Tisch, dann kommen Sie wahrscheinlich mit einer Bewährungsstrafe davon", erklärte Sandra. Stefanies Gesichtszüge entgleisten. Sie fiel auf die Knie und fing an zu weinen. Sandra zog sie auf die Beine und zum Sofa hinüber, auf das Stefanie sich sofort sinken ließ. Sandra setzte sich neben sie und reichte ihr ein Taschentuch. Als Stefanie sich einigermaßen beruhigt hatte, begann sie zu erzählen: „Alles fing damit an, dass ich Jörg in Düsseldorf kennenlernte. Er war höflich, charmant, ging mit mir in schicke Restaurants. Ich hatte eine rosarote Brille auf und bin schon nach ein paar Wochen zu ihm nach Kempen gezogen. Er hat gesagt, ich brauche nicht mehr zu arbeiten, sondern solle ihm den Rücken freihalten. Kaum hatte ich meinen Job gekündigt, saß ich nur noch im Haus fest. Ich durfte mich nicht mit alten Freunden treffen. Jörg machte Geschäftsreisen, ging zu Geschäftsessen. Manchmal nahm er mich mit, aber nur, um mich herumzuzeigen. Zu Hause wurde er immer unerträglicher, er hat mich gedemütigt, mich lächerlich gemacht und irgendwann hat er angefangen mich zu schlagen. Ich war drauf und dran ihn zu verlassen, doch als ich ihm das gesagt habe, hat er mich grün und blau geschlagen. Er hat gesagt, wenn ich das je tun würde, würde er mich finden und töten. Ich war starr vor Angst und bin bei ihm geblieben. Im Krankenhaus habe ich gelogen, was meine Verletzungen anging." Stefanie liefen Tränen über die Wangen. Sie holte tief Luft und fuhr fort: „Im Februar 2016 merkte ich, dass ich schwanger war. Ich war glücklich, auch wenn es von ihm war. Ich habe gehofft, dass sich etwas ändert." Leise sprach sie weiter: „Ich war in der 16. Woche, als er mich so feste in den Bauch boxte, dass ich mein Baby verlor." Stefanie schluchzte auf. Sandra wusste nicht, was sie sagen sollte. Vorsichtig nahm sie Stefanie in den Arm und ließ sie weinen.

„Ich mache uns einen Kaffee, ja?", fragte Sandra zehn Minuten später. „Ok. Sie finden alles in der Küche!", rief Stefanie ihr nach. Leiser fügte sie hinzu: „Und danke fürs Zuhören, das habe ich noch nie jemandem erzählt."

Als beide mit einer Kaffeetasse in der Hand wieder auf der Couch saßen, erzählte Stefanie von sich aus weiter. Sie wirkte inzwischen erleichtert, das alles einmal loswerden zu können.

„Im Krankenhaus hatte eine aufgeweckte Ärztin Dienst. Sie sprach mich auf die Fehlgeburt und den Auslöser an. Ich habe ihr dann die Situation erklärt, auch dass ich Jörg nicht verlassen kann. Zu dieser Zeit habe ich mir fast jeden Tag die verschiedensten Möglichkeiten ausgemalt, ihn umzubringen. Die

Ärztin hat Jörg irgendeine Ausrede aufgetischt und ihm drei Tage Besuchsverbot erteilt. Sie hat mir einen Platz in einem Frauenhaus besorgt; danach habe ich Jörg nie wieder gesehen-bis vor ein paar Tagen. Jörg hatte durch seine politische Karriere viele Kontakte. Ich hatte Angst, dass er mich auch im Frauenhaus findet. Also bin ich abgehauen. Ich habe niemandem gesagt, wo ich bin; nicht mal meiner Familie. Ich glaube, die haben was geahnt, aber ich hab jede Andeutung weggeredet. Ich bin dann von Campingplatz zu Campingplatz getrampt, bis hierhin. Eine frühere Klassenkameradin hieß Nina Schulze. Ein häufiger Name, den habe ich benutzt, um meine Spuren zu verwischen. Als mir das Geld ausging, habe ich Julia nach einem Job gefragt. Julia hat mich gerettet: Sie hat mir eine Wohnung, Essen und einen Job gegeben. Sie hat nicht viel gefragt und mir vertraut. Es tut mir so leid, dass ich sie belügen musste." Stefanie machte eine Pause. Sandra nutzte diese, um das Gespräch auf die Tat zu lenken.

„Wann haben Sie mitbekommen, dass Ihr Mann Sie hier auf dem Campingplatz sucht?", fragte Sandra. „Durch Sarah. Sie hat mir am Samstag erzählt, dass ihr Mann -sie hat wirklich „ihr Mann" gesagt- nach einer Frau sucht und ein Foto herumzeigt. Den Namen, nach dem er gefragt hat, hatte sie nicht mitbekommen. Ich habe sie nach ihrem Nachnamen gefragt und als sie mit Wekmann antwortete, habe ich schon erleichtert aufgeatmet. Doch dann habe ich auch nach dem Nachnamen ihres Mannes gefragt. Als sie ihn aussprach, habe ich gedacht, meine Welt bricht zusammen…ein zweites Mal. Er hatte mich auf dem Foto an dem Tattoo erkannt, dass ich mir für ihn stechen lassen hatte. Meinen Typ hatte ich schon komplett verändert: Statt langen, blonden Haaren -kurze, dunkle Haare. Aber das Tattoo war unverwechselbar. Ich habe versucht es durch Kleidung zu verdecken, aber manchmal ist es hier einfach zu warm für lange Hosen oder Röcke. Er hatte mich gefunden und wollte mich töten, das war mir sofort klar. Da bin ich in Panik geraten." Stefanie schaute Sandra in die Augen. „Ich habe mir gedacht, wenn ich ihm zuvorkomme und es wie ein Unfall aussieht, kann ich in Ruhe weiterleben." Stefanie guckte gedankenverloren aus dem Fenster.

„Verstehe! Haben Sie den Plan mit dem kaputten Grill alleine ausgeheckt? Oder hat Natalie Ihnen geholfen?" „Was? Nein! Natalie hat damit nichts zu tun!", entfuhr es Stefanie. „Ich habe Samstagmittag bei Natalie im Kiosk ausgeholfen. Wir haben da eine Kiste mit den kaputten Ventilen stehen. Erst wollte ich davon eins mitnehmen, aber dann habe ich einen Grill entdeckt, bei dem der Gasstopp und die Piezozündung kaputt waren. Ich bin nachts noch einmal zum Kiosk gegangen und habe mit der Schubkarre den Grill bis zum Mobilhome von Jörg geschleppt. Das war gar nicht so einfach, so ein Monstrum zu transportieren, ohne Krach zu machen.

Aber um zwei Uhr nachts sind alle im Tiefschlaf. Den anderen Grill habe ich mitgenommen und genau auf die Stelle gestellt, wo der kaputte Grill stand. Natalie hat davon nichts mitbekommen", betonte sie noch einmal. „Wenn Jörg mich erwischt hätte, würden Sie jetzt höchstwahrscheinlich ihm gegenübersitzen."

Sandra stöhnte und sagte: „Manchmal hasse ich meinen Job!" Stefanie fing an zu lächeln. „Wissen Sie, es hilft mir schon, dass Sie mich verstehen und mich nicht für eine eiskalte Mörderin halten. Ich dachte, mir müsste es danach gut gehen-tut es aber nicht. Ich kann nicht mehr schlafen. Wenn ich wach bin, denke ich an nichts anderes mehr, ich kann meinem Freund kaum noch in die Augen gucken. Oh, mein Gott!", stieß sie aus. „Tim! Er weiß von nichts, ich muss es ihm erklären, bevor alles rauskommt und er es von irgendjemand Fremdes erzählt bekommt. Und Julia muss ich auch Bescheid sagen, bevor ich mich der Polizei stelle." Sie hielt inne und schaute fragend zu Sandra. „Das ist doch das Beste, wenn ich mich stelle und alles erzähle, oder?"

Sandra nickte ihr aufmunternd zu. „Ja, ich denke schon. Gehen Sie zur nächsten Polizeistation, die werden dann Ihre Aussage aufnehmen und Ihnen sagen, wie es weitergeht. Nehmen Sie sich auf jeden Fall einen guten Anwalt. Vielleicht haben Sie jemanden, der mitgeht? Zur Unterstützung." „Ja, ich denke schon. Ich muss nachher meinem Freund alles beichten. Der müsste gleich wieder hier sein." Nach einer kurzen Pause fügte sie hinzu: „Kommen Sie doch in zwei Stunden bitte nochmal vorbei, ich muss noch einige Menschen informieren, die ich eigentlich nie enttäuschen wollte. Wenn Sie da sind, gibt mir das vielleicht mehr Sicherheit." Stefanie guckte sie unsicher fragend an. Sandra nickte ihr aufmunternd zu und versprach später wiederzukommen.

Nach zweieinhalb Stunden war Sandra auf dem Rückweg zu ihrem Stellplatz, wo Frank und die Kinder sie schon erwarteten. Lilli und Felix bestürmten sie mit Fragen, doch Frank hielt die Kinder zurück: „Stopp! Lasst Mama erst einmal durchatmen. Sie wird uns gleich erzählen, wie es gelaufen ist! Wirst du doch? Oder?", fragte Frank sie. Sandra nickte abgekämpft und fragte nach einem Glas Rotwein. Als sie ihre Familie informiert hatte- sie hatte, um die Kinder zu schützen- die abgespeckte Version erzählt, waren sich alle einig darin, dass das Leben manchmal echt ungerecht war.

Als sie später bei Stefanies Mobilhome ankam, waren viele bekannte Gesichter schon da. Sandra entdeckte Manou und Sybille auf der Bank, Natalie stand mit dem Rücken zur Gartentür und unterhielt sich angeregt mit Carine. Natürlich in französisch.

Julia saß am Tisch, hatte den Kopf auf den Armen abgestützt und schaute gedankenverloren in die Runde. Als sie Sandra erblickte, hob sie die Hand und lud sie ein, sich zu ihr zu setzen. Sandra lief an Natalie vorbei, woraufhin diese sofort verstummte und weiß im Gesicht wurde. „Was will die denn hier?", fragte sie entgeistert und rief nach Nina.

Tim kam aus dem Inneren des Mobilhomes und brachte Getränke mit. Er stellte Bier, Wein und Wasser, sowie Gläser auf den Tisch und bat alle, sich selbst zu bedienen. Stefanie erschien im Türrahmen und sofort wurden alle Gespräche unterbrochen. Sie schaute unsicher jeden einzelnen an und erklärte anschließend: „Ich habe euch alle eingeladen, weil ich euch etwas Wichtiges mitzuteilen habe." Natalie wollte sich gerade zu Wort melden, da warf Stefanie ihr einen warnenden Blick zu. „Ja, ich habe auch Sandra Gruber eingeladen, das hat seinen Grund! Tim und Sandra kennen die Geschichte schon. Hört mir bitte erst bis zum Ende zu, bevor ihr etwas sagt." Sie erzählte ihre Geschichte von Anfang an und alle hörten gebannt zu. Als sie bei dem Mord angekommen war, entfuhr Natalie: „Ich habe doch geahnt, dass du da irgendwie mit drinsteckst! Stefanie beendete die Geschichte mit dem Vorhaben, sich der Polizei zu stellen. Alle Anwesenden waren bedrückt, boten aber sofort Hilfe an. Stefanie entschuldigte sich bei allen, vor allem bei Natalie, da diese in Verdacht geraten war. Julia hatte Tränen in den Augen stehen und versprach Stefanie, dass sie hier immer einen Job auf dem Campingplatz hätte. Natalie heulte wie ein Schlosshund, sodass Stefanie sie trösten musste. Natalie kündigte an, mit zur Polizei zu gehen, obwohl ihre Erfahrungen mit denen nicht nur positiv waren, wie sie schief grinsend anmerkte. Sandra bemerkte, dass Stefanie erleichtert und gerührt lächelte. So viel Unterstützung und Verständnis hatte sie wohl nicht erwartet. Sandra war froh, dass Stefanie so mutig war, sich selbst zu stellen. Sie schaute sie quer durch den Garten an. Stefanie fing ihren anerkennenden Blick auf und Sandra streckte einen Daumen nach oben. Stefanie lächelte und nickte ihr zu.

Als sich alle etwas beruhigt hatten, kam Natalie auf Sandra zu und fing an zu stammeln: „Es tut mir leid,…wirklich." Sandra schaute sie fragend an. „Was tut Ihnen leid?" „Der Zettel, das war ich. Ich habe vermutet, dass Nina, ähm Stefanie, irgendwas mit dem Grill gemacht hat. Sie war die Einzige, die Zutritt zu meinem Kiosk hat, und an die defekten Teile rankam. Ich habe das Ganze nicht verstanden, aber ich wollte sie beschützen. Ich konnte doch nicht ahnen, dass sowas dahintersteckt." Natalie schaute beschämt zu Boden und fügte hinzu: „Ich wollte nur, dass Sie aufhören zu ermitteln. Ich hätte Ihnen nie im Leben etwas getan." Sandra nahm die Entschuldigung an und streckte Natalie die Hand entgegen, die diese dankbar ergriff.

Plötzlich ertönte ein Klingeln. Tim hatte sein Glas erhoben und klopfte mit einem Löffel dagegen. Stefanie schaute ihn erstaunt an. „Willst du auch ein Geheimnis lüften?", fragte sie ihn. Doch Tim antwortete nicht, sondern kniete sich vor Stefanie. „Du bist mein Ein und Alles. Egal, welche Geheimnisse du hattest, egal welche Wege wir gehen müssen, ich möchte sie mit dir gemeinsam gehen! Selbst wenn du ins Gefängnis musst, ich werde auf dich warten. Willst du meine Frau werden?" Stefanies glücklich gehauchtes -Ja- ging in Natalies lauten Schluchzern unter. Stefanie und auch alle anderen konnten sich die Tränen kaum verkneifen, so gerührt waren sie. Nachdem alle angestoßen und gratuliert hatten, ließen sie das glückliche Paar alleine.

Auf dem Weg zum Wohnwagen dachte Sandra: Es ist schon erstaunlich, wie sich so ein Tag doch noch ins Positive wandelt. Endlich ist der Fall gelöst! Jetzt kann der Urlaub richtig anfangen. Es sind ja noch zwei Wochen!

Ende

Epilog

Endlich konnte Sandra loslegen. Sie klappte die Rückenlehne ihres Stuhls steil nach oben, rückte das Kopfteil zurück und trank einen Schluck Wasser. Der Laptop stand vor ihr, die Maus mit Mauspad daneben. Sie klappte ihn auf, machte ein neues Word-Dokument auf und schrieb nach kurzem Überlegen:

Einmal grillen macht noch keinen Camper!

Ein Urlaubskrimi

Liebe Leser,

natürlich sind alle Personen und die Handlung völlig frei erfunden. Ähnlichkeiten mit lebenden oder toten Personen sind rein zufällig und nicht beabsichtigt.

Die Ile d`Oleron mit ihren schönen Landschaften, Stränden und Sehenswürdigkeiten gibt es wirklich. Sie liegt südlich von der Ile de Ré an der französischen Atlantikküste. Es gibt auch eine ganze Reihe von Campingplätzen dort, aber den Campingplatz, der hier beschrieben wird, sucht man vergeblich.

Dank

Dieses Buch war mein erster Versuch mich als Schriftstellerin zu versuchen. Alleine hätte ich es nicht geschafft, daher möchte ich mich vor allem bedanken bei:

-meiner Lektorin Nicole Schneider, die mir viele gute Tipps gegeben hat, Testleser war und mich motiviert hat, durchzuhalten. Außerdem hat sie den roten Faden im Blick gehabt, wenn ich ihn mal verloren hatte.

-meinem Mann und Testleser Georg Geub, der meinen Niederrhein-Slang ausgemerzt hat, wo er nicht angebracht war.

-meinem ehemaligen Deutschlehrer Herrn Schlagkamp, der alle Rechtschreib- und Kommafehler entdeckt hat und mir Tipps gegeben hat, wie ich das Buch verlegen kann.

-und natürlich auch bei allen Bekannten, Freunden und Verwandten, die mein Buch bestellt und gelesen haben; Einige sogar entgegen ihren eigentlichen Genre- Vorlieben beim Lesen.